Es hat 18 Buchstaben und neun davon sind Ypsilons

Zwölf Texte zu Finnland, Ungarn, Sprache und der Freude daran

Henrik Szanto

Erste Auflage 2018

Lektora GmbH
Schildern 17–19
33098 Paderborn
Tel.: 05251 6886809
Fax: 05251 6886815
www.lektora.de

Druck: MCP, Marki
Covermotiv: Nadine Werjant, www.werjant.com
Covermontage: Olivier Kleine, www.olivierkleine.de
Illustrationen: Dana Rausch
Lektorat: Lektora GmbH, Denise Bretz
Layout Inhalt: Lektora GmbH, Denise Bretz
Printed in Poland

ISBN: 978-3-95461-126-3

Inhalt

Anna-Kaarinalle
Mariusnak

Vorwort

Man hört es mir nicht an, aber ich bin halb Finne, halb Ungar.[1] Ich komme also aus Ländern, in denen es sehr kalt ist.

In einem vor allem zwischenmenschlich und das andere ist Finnland.

1 Der Autor ist mehrsprachig aufgewachsen und dieser Umstand dient als Basis des Buches. Das Buch erhebt keinen Anspruch auf sprachwissenschaftliche Korrektheit, denn der Autor ist Autor und kein Linguist. Der Autor schreibt auch ungern in der dritten Person von sich, was an dieser Stelle keine Rolle spielt, aber der Autor wollte das einmal gesagt wissen. Wer sich fachlich mit der finnischen und/oder ungarischen Sprache auseinandersetzen mag oder einfach prüfen will, ob das, was in diesem Buch hinsichtlich der Sprachen behauptet wird, richtig ist, kann das beispielsweise durch ein wundervolles Studium der Finnougristik an der Universität Wien, der Universität Hamburg, der Georg-August-Universität Göttingen oder der Ludwig-Maximilians-Universität München tun. Generell empfiehlt es sich auch, mit Linguisten und Linguistinnen etwas trinken zu gehen und sie vielleicht direkt zu fragen. Sprache ist besonders, sie sind es auch und die Besonderheiten unserer Welt bedürfen auf jeden Fall der Zuneigung.

In der finnischen Mythologie gibt es den ewigen Turso (Iku-Turso). Es ist ein bösartiges Seemonster, das in der Kalevala[2] vom Helden Väinämöinen[3] durch Vers und Gesang auf den Boden des Meers verbannt wird.

Nur falls jemand sich wundert, wessen Konturen das auf dem Cover sind.

---

2 Das ist der finnische Nationalepos.

3 Der ist in etwa wie Gandalf – was sicherlich daran liegt, dass Tolkien sich bei der Gandalffigur von Väinämöinen hat inspirieren lassen. Väinämöinen ist übrigens ein sehr gutes Wort für Galgenmännchen und ein sehr schlechtes, wenn man danach weiterhin an freundschaftlichen Beziehungen interessiert ist.

Finnische Redewendungen

Nachname Ungarisch, Vorname Finnisch
Seit Kindertagen schon bin ich
Der feuchte Traum der Linguisten
Sprach stets beide Sprachen
Bin auf der Flucht vor Kryptologen
Denn unter meinen Haaren nisten
Obskure Verben und Pronomen

Meine Muttersprache
Triffst du im hohen Norden
Wo die Auroren borealen
Über zugeschneiten Orten
In denen Worte aus Vokalen
Zur Bedeutung sich kohorten

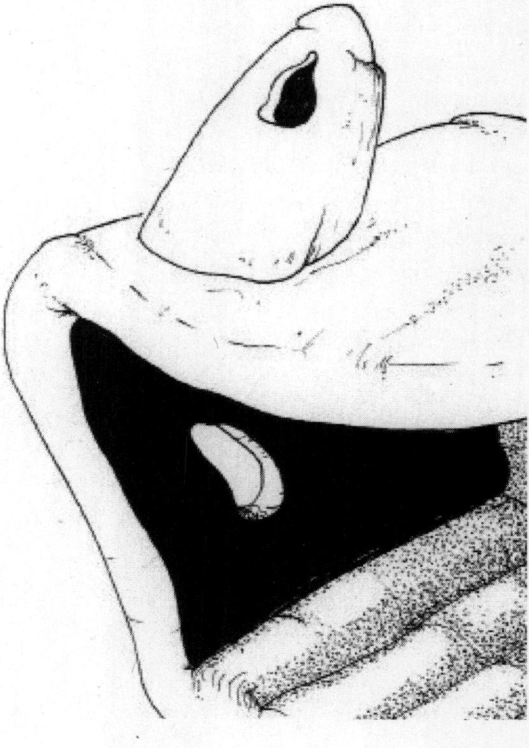

Hier gibt es Dunkelheit und Schnaps
Die Fauna besteht aus Wölfen und Bären
Hier ist das Unglück weit und ach
Die Sauna dampft dir schon zu Ehren

Werter Gast. *Tervetuloa*!
Willkommen in diesem sonderbaren Land
Hier sind die Tage nicht lang, setz dich zu uns
Wir reden zwar nicht viel, aber dafür starren wir dich an

Ich möchte mit euch eine sprachliche Reise beginnen
Gemeinsam Bedeutung ausloten
Wir betrachten semantisch das Wesen der Finnen
Und tun dies mit Hilfe von Anekdoten

»Nein« heißt auf Finnisch *ei*, was blöd ist, weil es irgendwie bejahend klingt. »Ja« heißt eigentlich *kyllä*, nicht zu verwechseln mit *kylä*, das heißt Dorf, und ist so lang, dass die meisten Finnen lieber das schwedische *joo* verwenden. Gerne auch mal *joo, joo*, um besonders deutlich zu sein, was vor allem im Rahmen der tendenziell einsilbigen Dialoge dazu führt, dass Gespräche zwischen sich zustimmenden Finnen klingen, als würden Rapper sich aufwärmen.

Wir haben keine Computer, wir haben Wissensmaschinen.

Wir sind nicht mies drauf, sondern wie ein Bär mit Einschussloch im Hintern.

Wir warten nicht auf den Weihnachtsmann. Wir warten auf den Weihnachtsbock. Nach finnischer Weihnachtstradition frisst der Kinder.

In Finnland haben Menschen darum keine Kurven, sondern was zum Festhalten. Das hilft an Weihnachten vor allem den Kindern.

Wir haben keine Drachen, sondern Bergschlangen. Oder Lachsschlangen. Je nach Übersetzung.

Wir sind nicht pleite, wir haben einen Matthias in der Tasche. Der weiß auch nicht, wie er da hingekommen ist, aber schämt sich aufgrund des plötzlichen Körperkontakts.

Wir haben keine Kilometer. Wir haben *poronkusema*. Das ist die Länge der Strecke, die ein Rentier zurücklegen kann, ohne pinkeln zu müssen. Umgerechnet sind das etwa 7,5 Kilometer.

In Finnland ist nichts am Arsch der Welt, sondern hinter Gottes Rücken.

In Finnland löst sich nichts in Luft auf, sondern verschwindet wie ein Furz in der Sahara – was witzig ist, weil Finnen sich in der Sahara wirklich auflösen. Ein Finne wird von Sonne nicht braun. Ein Finne stirbt.

In Finnland ist auch nichts Schnee von gestern, sondern Schnee vom letzten Winter, weil der Schnee von gestern verdammt nochmal auch der Schnee von heute, von morgen, von nächstem Dienstag und vom Ende des Monats ist. Es ist kalt. Das schmilzt nicht so schnell.

In finnischen Pornos fragt darum niemand: »Warum liegt da eigentlich Stroh?« Man fragt stattdessen ... nichts. Man starrt sich an.

Wir fragen nicht, ob du alle Latten am Zaun hast. Wir fragen, ob alle Muumins im Tal sind. Das muss ich vielleicht kurz erklären: Muumins sehen aus wie bunte Nilpferde und leben in einem Tal. Sie entstammen dem besten Kinderbuch der Welt und sind heilig. Wenn du sie beleidigst, dann holt dich Morra und dann erfrierst du.

Ein Finne droht nicht, dich umzubringen. Er führt dich hinter die Sauna. Dort erfrierst du.

Deshalb beißen wir Finnen auch nicht ins Gras, wir treten ins Leere. Das Gras ist alle.

Und wenn du stirbst, dann fluchst du. Finnen fluchen viel und eigentlich ist es am spannendsten, Schimpfwörter aus fremden Sprachen zu lernen. Darum eine kleine Einführung:

Am liebsten verwenden wir das Wort *vittu*. Wenn du jemanden loswerden willst, sagst du nicht »Fick dich«, sondern *haista vittu* – das bedeutet übersetzt »Riech an einer vulgären Beschreibung für die äußerlichen, primären weiblichen Geschlechtsorgane«. Ich mag das deutsche Wort nicht, aber es reimt sich auf Glotze.

Manchmal liegt aber auch Schnee und mit manchmal meine ich immer. Dann sagen wir *suksi vittun*. Das heißt auch »Fick dich«, aber in dem Fall erfolgt die Fortbewegung auf Skiern. In besonderen Fällen erfolgt auch ein *vedä vittu päähän*, was frei übersetzt eine Aufforderung ist, in die eigene Mutter zurückzukehren. Ja, ich sage in. Der Finne ist präzise.

Ich möchte diesen Text mit dem puren Ausdruck finnischer Lebensfreude beenden. Es gibt im Finnischen ein Wort für das Gefühl der Euphorie und Zufriedenheit, die man beim Springen in einer Hüpfburg empfindet.

Dieses Wort besteht aus 18 Buchstaben und neun davon sind Ypsilons. Es heißt *hyppytyynytyydytys*.[4]

---

4 Ich lernte das Wort von meiner finnischen Cousine. Es stammt, wie ich später erfuhr, von Max Goldt bzw. Peter, einem seiner Leser. Daher: Danke Peter – es ging sogar zurück nach Finnland. Und immer: Danke an Max Goldt.

Eine Übersicht finnischer Monate zur erleichterten Urlaubsplanung

Januar	*Tammikuu*	Eichenmond
Februar	*Helmikuu*	Perlmond
März	*Maaliskuu*	Erdmond
April	*Huhtikuu*	Hoch die Kuh
Mai	*Toukokuu*	Saatmond
Juni	*Kesäkuu*	Sommermond
Juli	*Heinäkuu*	Heumond
August	*Elokuu*	Spielstärke-im-Schach-Mond
September	*Syyskuu*	Herbstmond
Oktober	*Lokakuu*	Schlammmond
November	*Marraskuu*	Todesmond
Dezember	*Joulukuu*	Weihnachtsmond

Gewitter

Als ich klein war, verbrachte ich meine Sommer am Ufer eines finnischen Sees. Er heißt Konnevesi und ist 189 Quadratkilometer groß.

So groß wie Griffith Island, ein unbewohnter Brocken Land inmitten des arktischen Ozeans. Ich mag Griffith Island, weil es am 23. August 1819 entdeckt wurde und der 23. August mein Geburtstag ist.

Ich mag die Insel auch, weil sie unbewohnt ist, und ich möchte einmal dorthin reisen und als einziger Mensch auf dieser Insel stehen. Mein See, Konnevesi, die invertierte Form einer fernen arktischen Insel, barg stets große Wunder.

Wie es sich für eine finnische Großfamilie gehörte, waren rund um das Seeufer Blockhütten all der Tanten und Onkel, die zum Sommer oder zu Familienfesten aus allen Ecken des Landes anreisten und gemeinsam feierten.

Die Hütte, in der ich wohnen durfte, gehörte dem ältesten Bruder meiner Mutter. Er war Tierarzt und quasi der Patriarch der Familie. Er hatte sanfte starke Hände und ein Glasauge, das er herausholte, wenn wir ihn darum baten. Dann ging er in die Knie, hob die Arme und verfolgte uns Ogerlieder singend bis zum Steg am See.

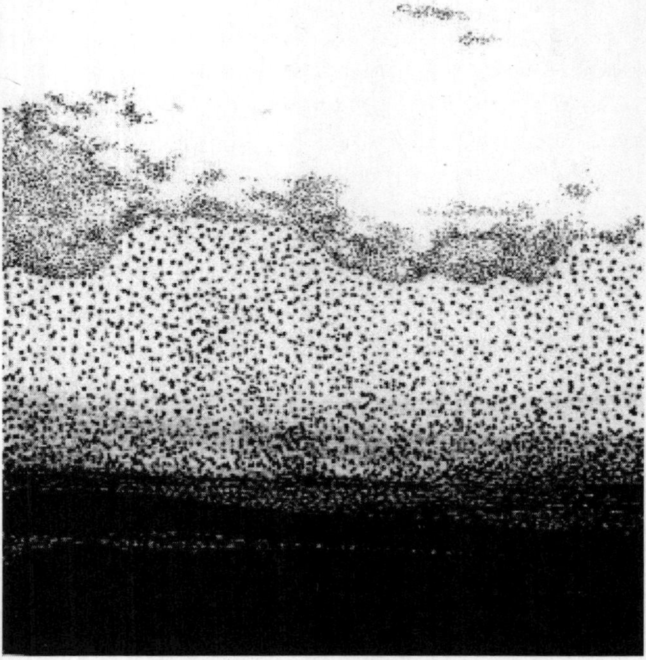

Seine Hütte war die schönste. Aus schweren Balken dunklen Holzes geformt stand sie nur wenige Meter vom Seeufer. Sie hatte drei Zimmer, einen großen Wohnbereich mit Kamin und Kochnische, ein Schlafzimmer für den Patriarchen und seine Frau und ein kleineres Zimmer für die Kinder. Ehe wir zu groß geworden waren, konnten wir auch über eine Treppe in den Giebel klettern und dort schlafen, bei den zwei Katzen, die nachts mit glühenden Augen beim Kamin wachten und tags im Schatten der Bäume dösten.

Einen Hund gab es auch, einen riesigen. Ich liebte ihn, er liebte mich und doch weiß ich nicht mehr, wie er hieß. Aber der Hund liebte auch alle Kinder.

Er war ein schwarzer Neufundländer, so groß geraten, dass wir uns in sein Fell krallen und auf ihm in den See galoppieren konnten, was der Tierarzt gar nicht gerne sah.

Dann schimpfte er und wir lachten und schwammen mit dem Hund um die Wette, denn er konnte gut schwimmen. Das war schwierig, denn manchmal vergaß er, dass wir das auch konnten, und dann mussten wir schnell sein, denn sonst versuchte er, uns zu retten, indem er sein Maul um einen Oberarm legte und uns zurück ans Ufer zerrte.

Er war kein besonders schlauer Hund, er brauchte einfache Ziele und einfache Befehle, aber er war treu und groß und schwarz.

Mein Lieblingsort in Onkels Hütte war der große Schaukelstuhl am Kamin. Darin saß der Onkel und rauchte Pfeife und wenn eines der Kinder traurig war, dann durfte es dort sitzen und wippen und durch die Glasfront auf den See schauen, während der Kamin knisterte. Ich durfte häufig dort sitzen, denn ich war gerade acht geworden und das ist ein schwieriges Alter, fand ich.

Einmal war der Onkel mit der Frau und seinen Kindern weggefahren. Sie gingen einkaufen und ich passte nicht mehr ins Auto und durfte deshalb in den Schaukelstuhl. Ich sagte, dass mir das ohnehin lieber wäre, aber insgeheim wollte ich auch einkaufen fahren.

Der Hund lag vor mir auf dem Teppich und ich kraulte ihn mit meinen Zehen. In Finnland kann man gut allein sein, fand ich. Auch wenn rundum die Hütten der anderen Onkel und Tanten standen und ich in Windeseile hätte zu ihnen rudern können, genoss ich die Stille. Alleinsein ist nicht schwer, nur schön, solange es vorbeigeht und man auf einen See schaut.

Während ich dort saß, sah ich aus der Ferne schwere Wolken nahen. Ich sah einen Blitz und der Hund hob den Kopf, als es grollte auf der anderen Seeseite.

Wenn es gewitterte, würden die anderen länger einkaufen, denn bei Gewitter durch den Wald zu fahren, das war dem Onkel zu gefährlich. Ich richtete mich auf und holte alles in die Hütte, was nicht nass werden sollte. Ich band die Schaukel an das Geländer der Veranda, damit der Wind sie nicht durch das Glas peitschte, und verkroch mich in den Schaukelstuhl.

Gewitter liebte ich.

Der Hund nicht.

Er knurrte, bis er verstand, dass das, was da nahte, sich nicht vom Geknurre beirren ließ.

Also legte er den Kopf auf die Pfoten und winselte nur dann kurz nicht, wenn ich ihn kraulte.

Ich sah auf den See. Auf der Oberfläche des Wassers zeichneten sich die Tropfen ab wie ein aus Nadeln gefertigter Vorhang, der langsam auf mich zuzog. Ich sah Blitze grell den Himmel spalten, hörte, wie der Donner über uns hinweggrollte und der Regenvorhang stetig heraneilte.

Am Ufer war das Wasser noch ruhig, aber dort hinten, draußen, da tobte es unter der Gewalt der Tropfen und des Windes.

Gewitter liebte ich, weil sie so gerecht waren. Und frei. Und alt.

In jeder Zeit und jeder Kultur kamen sie. Ob auf der spitzesten Landzunge eines norwegischen Fjords oder am Kap der Guten Hoffnung, ob über den Anden oder der Steppe, selbst in Wüsten – überall gab es Gewitter.

Sie zeigten sich jeder Kultur, jeder Zivilisation – ein Naturschauspiel, vollkommen unbeeindruckt von Herkunft, Stand, Glauben oder Zeitalter. Gewitter ängstigten Menschen, sie sahen darin den Zorn der Götter. Stets derselben, nur mit verschiedenen Bärten oder Namen oder Völkern. Menschen suchten es zu bändigen, die Energie zu verstehen und zu verwenden. Ob mit Drachen an Drähten oder Leitern aus Kupfer.

Ich kenne Menschen, die Angst vor Gewittern haben, aber ich finde sie wahnsinnig schön. Weil es eine Gewalt ist, die allen auf der Welt bekannt wurde und war und ist.

In einem Gewitter ist niemand allein.

Auch ich war es nicht, damals, als der Regen das Ufer erreichte, es passierte und der Vorhang auf das Glas niederging, die Tropfen an die Scheiben droschen und der Hund empört bellte über diesen Krach und dieses Geschepper.

Ich saß im Schaukelstuhl und sah den See verschwimmen. Im Schleier der Tropfen hörte die Welt vor mir auf, zu existieren.

Als ich klein war, verbrachte ich meine Sommer am Ufer eines finnischen Sees. Und eines Sommers war es dort unbewohnt. Eine Insel inmitten eines donnernden Ozeans, 30 Quadratmeter groß, mit zwei Katzen und einem Hund.

Ich entdeckte sie am 23. August 1996.

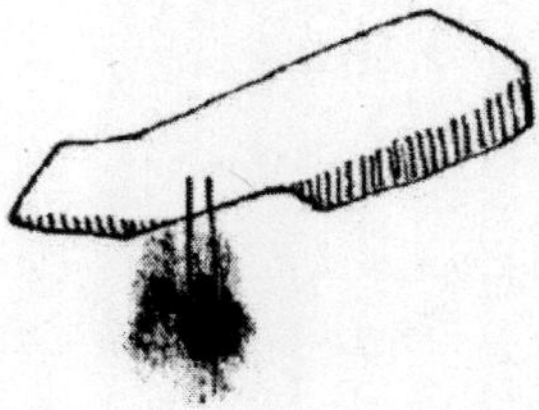

Zwei ungarische Worte, die anderen Sprachen fehlen:

Aranyhíd (Goldbrücke)
Die Reflektion der auf- oder untergehenden Sonne auf Wasser.
Das Licht zeichnet einen güldenen Schimmer von Ufer zu Ufer.

Ezüsthíd (Silberbrücke)
Die Reflektion des auf- oder untergehenden Mondes auf Wasser.
Selbes Prinzip.

Ungarische Redensarten

Ungarn ist gegenwärtig ein schwieriges Land. Trotz der reichen Kultur, der schönen Sprache und – sagen wir spannenden – Geschichte ist Ungarn gerade nicht sehr angenehm. Es sei denn, man ist weiß, hetero, katholisch, männlich und korrupt.

Einleitend möchte ich an dieser Stelle drei praktische Alltagsphrasen für den nächsten Budapest- oder Balatonbesuch teilen:

Szia heißt: »Hallo.«

Hogy vagy heißt: »Wie geht es dir?«

Ismersz egy jó emberi jogokat illető ügyvédet heißt: »Kennst du einen guten Menschenrechtsanwalt?«

Die Sprache ist ein Festmahl aller Sinne und eine Fundgrube metaphorischer Genüsslichkeiten. Insbesondere ungarische Redewendungen:

Der Ungar springt nicht in die Luft vor Freude, er ist so glücklich wie ein Affe über seinen Schwanz.

Ein Ungar sagt nicht »Scheiße«, ein Ungar sagt »Pferdepenis«. Der Ungar mag Pferde. Vor allem als Salami.

Ungarische Kinder weinen nicht, sie geben den Mäusen was zu trinken.

Ein Ungar sagt nicht, etwas sei die Mühe nicht wert. Stattdessen ist etwas so wertvoll wie dem Toten ein Kuss.

Es gibt für alles einen Fetisch, aber der Ungar beherrscht sich.

In Ungarn heißt es nicht, eine schlechte Angewohnheit werde man nicht los – in Ungarn wird aus einem Speck kein Hund.

In Ungarn ist niemand gutmütig, stattdessen sind Menschen streichfähig. Gutmütig heißt in diesem Fall obrigkeitshörig und wer nicht hört, läuft Gefahr gestrichen zu werden.

In Ungarn friert die Hölle nicht zu, stattdessen färbt sich der Schnee rot. Das ist regelmäßig passiert und historisch betrachtet kam der Schnee aus Russland.

Auf Ungarisch klingt Papa wie Opa, nämlich *apa* und »mein Sohn« wie ein Männerparfum der Duftmarke Gebrauchtwagen, nämlich *fiam*.

In Ungarn sagen wir nicht, etwas sei nicht so gut, wie du glaubst, stattdessen heißt es: »Der Zaun besteht nicht aus Wurst.«

In Ungarn gibt es kein Fernweh, es gibt *elvágyódás* – ein Gefühl dafür, weg zu wollen. Nach den Wahlen tritt es verstärkt auf.

Ungarisch ist neben Deutsch die einzige Sprache, die auch ein Wort für Schadenfreude hat. Nämlich *káröröm* – das wurde in den Vierzigern importiert.

In Ungarn ist jemand nicht empfindlich oder eine Mimose, sondern eine Berühr-mich-nicht-Blume.

Falls du in Ungarn jemanden anrufen willst, ist eine Möglichkeit das *megcsörgetés*. Das bedeutet anzuklingeln, damit die Person zurückruft und du kein Geld für das Telefonat ausgeben musst.

Tiffeltöffel heißt auf Ungarisch *tutyi-mutyi* und ist ein überaus vorsichtiger, unsicherer und nicht belastbarer Mensch. Das Wort Tiffeltöffel ist großartig und muss häufiger verwendet werden.

Abschließend bleibt mir noch ein typisch ungarischer Ausspruch, nämlich *szép volt, jó volt, elég volt* – schön war's, gut war's, genug war's.

Und genug ist es. Genug ist es. Genug ist es mit Aufpeitschen und Johlen, genug von Vaterlandsparolen, genug von trinkenden Mäusen. Der Zaun besteht nicht aus Wurst, sondern aus Draht und Brettern.

Bretter, die nie Welt bedeuten
Bretter, die bloß trennen
Jene, die wegwollen, und die auf dem Weg
Vom Gestern ins Heute

Ich bin keine Berühr-mich-nicht-Blume. Ich bin ein Halt-dein-Maul-Veilchen. Ein So-geht's-hier-nicht-weiter-du-Dummer-Ficus. Ein Schwafel-mich-nicht-voll-Schwarzdorn.

Ismersz egy jó emberi jogokat illető ügyvédet?
Ismersz egy jó emberi jogokat illető ügyvédet?
Ismersz egy jó emberi jogokat illető ügyvédet?

Niemand kann das aussprechen und keiner sollte jemals in eine Situation kommen, wo das Einzige, das helfen kann, nicht aussprechbar ist.

Und inmitten der Sprüche und Lacher
Bilder von Demos, es sprüht noch das Wasser
In mir die Demut, was kann ich schon machen
Blicke so leblos, mein Trost nur ein schwacher

Also Quo Vadis, Vater Staat?
Nur eben Zigaretten holen, *fiam*
Nur eben die Verfassung aushöhlen, *fiam*
Nur eben Feindbilder beschwören, *fiam*
Quo Vadis, Vater Staat?
Es droht üble Gefahr und der gleiche Verrat
Wie vor achtzig Jahren
Deine Großeltern haben meine
Damals noch persönlich
Zu den Zügen gefahren.
Also wehrt euch doch mal
Wenn es verkehrt läuft, und mahnt
Die selbsterklärten Wärter jeden Tag
Freiheit ist kein Geschenk
Sondern ein Vermächtnis
Das echt nicht von alleine bleibt.
Und sie verschwindet rasch
Wenn die Mehrheit lang genug zu schweigen weiß
Bitte reih' dich nicht ein
In die Heerschar feiger Heiterkeit
Es kann doch nicht sein, dass wir scheitern
Weil keiner weiterweiß

Das hier ist wertvoll
Wer bloß Hass folgt
Verblasst im Erfolg
Wir alle stehen im Soll
Nicht das Boot, das ganze Meer ist voll
Und was daraus werden muss
Ist so viel mehr als den Toten ein Kuss

Erst wenn es wehtut,
Färbt sich der Schnee rot
Denn es war nicht schön. Es war nicht gut
Und vor allem war es nicht genug.

Nincs & sincs

Das Ungarische kennt zwei aufeinander aufbauende Worte der Nichtexistenz. Sie kommen zum Einsatz, wenn es etwas nicht gibt und etwas anderes, was man stattdessen möchte, auch nicht existiert.

Van ház? – Nincs.
És lakás? – Az sincs.

Hast du ein Haus? – Nein.
Und eine Wohnung? – Auch nicht.

2013 wurde es Wohnungslosen in Ungarn unter Androhung von Strafe verboten, im öffentlichen Raum zu nächtigen.
2015 hat das Verfassungsgericht Teile des Gesetzes kassiert.

Futur II & Brustschwimmen

In meinem Lebenslauf steht unter »Sprachen«: Deutsch, Englisch, Finnisch, Ungarisch und Latein. Ich habe früh gelernt, in Lebensläufen zu lügen. Ich kann kein Latein.

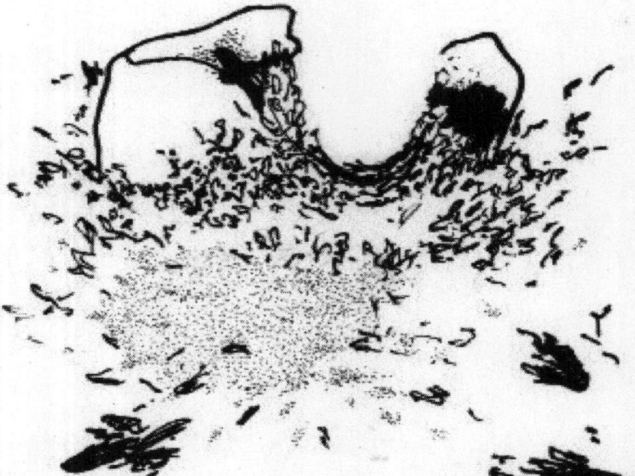

Aber Ungarisch und Finnisch? Läuft. Da ist wieder das linguistische Labor: Komm, Herbert, wir mixen uns einen Menschen, der die zwei Sprachen lernt, die einzig miteinander irgendwas zu tun haben und die sonst keine Sau spricht. Voll. Und dann schicken wir ihn nach Deutschland, damit er sich schön integrieren kann.

Meine Freundin sagte mal zu mir, sie würde gern eine meiner Gehirnhälften lähmen, um zu wissen, welche Sprachen ich dann noch sprechen kann. Aber das ist okay. Sie studiert Psychologie.

Als ich ihr diese Textstelle vorlas, meinte sie, sie würde eigentlich lieber die Gehirnhälften meines Vaters lähmen. Der könne ja auch viele Sprachen.

Weihnachten war stressig.

Deutschland war entspannt. Da war ich gern. Das einzig Schlimme an Deutschland sind der Lateinunterricht und Brustschwimmen. Wie sie alle brustschwimmen. Im Schwimmunterricht lernst du Brust. Im Lateinunterricht Existenzangst. Da kann man sich richtig anscheißen, wenn der Lehrer an der Tafel eine Tempusreihe fordert. Tempusreihe! Das letzte legale Folterinstrument, bei dem Lateinlehrer ihre Schüler auf Verben reitend durch alle Zeiten peitschen. *Flagellatus eras.* Plusquamperfekt Indikativ Passiv. Du warst gepeitscht worden.

Mein alter Lateinlehrer hatte besonders feinsinnigen Humor, indem er hoffnungslos überforderte Schüler zwang, *amare* – also das Verb für lieben – bis zur Pause durchzukonjugieren. Aber das war auch in Bayern.

Da dürfen Homosexuelle sich auf dem Oktoberfest nicht mal schüchtern angrinsen, weil die auf der Wiese schnaxelnden Heten sonst völlig überfordert von so viel Offenheit sind.

Da ist die Liebe noch im Perfekt.

Aber *amavero.* Ich werde geliebt haben. Da glüht jedem Lateinlehrer das Herz wie der Himmel über Pompeji. *Amavero.* Futur II. In Finnland hat Liebe nicht mal eine Zukunft.

Finnland an sich ist super. Bildung, Gesundheitswesen, Infrastruktur – alles top. Gute Exitstrategie. Nah an Russland. Auch praktisch, wenn Trump durchdreht.

Aber zwischenmenschlich? Finnen flirten nicht. Finnen ertragen. »Ich liebe dich« auf Finnisch heißt *Rakastan sinua. Rakastan.* Das klingt wie dieses kleine Dorf in Serbien, wo Werner Herzog trübsinnige Dokus dreht und die Kinder mit neun schon rauchen. *Rakastan.* Wie ein kleines Land zwischen Kasachstan und Turkmenistan, wo die Lateinlehrer hinfahren, um im kaspischen Meer brustzuschwimmen.

Ungarisch ist nicht besser. Ich liebe dich? *Szeretlek. Szeretlek.* Als würde ein Nazgul einen Hobbit verhören. *Szeretlek.* Natürlich bringt ein Land, das so viel Sauronvibe mit der Muttermilch verabreicht, einen Orbán hervor.

Szeretlek. Das klingt, als hätte Lord Voldemort gerade einen Orgasmus und würde seiner Bettgespielin sanft die verruchtesten Zaubersprüche ins Ohr parseln, ehe sie in die Sphären schwarzmagischer Ekstase emporschwebt.

Ich bin nicht frustriert. Ich hatte Latein. Ich kann sieben Ablative bilden. Ich kann erklären, wo, womit, wann, worüber, wie, inwiefern und warum ich Alpträume von Tempusreihen habe.

Latein soll ja beim Sprachenlernen helfen, aber eben nur bei indo-germanischen. Bei Finnisch oder bei Ungarisch hilft es Nüsse.

Nur den Ablativ haste auch im Finnischen. Und 14 andere Fälle dazu. Wenn du auf Finnisch zu einem Haus gehen willst, musst du erstmal einen Allativ bilden. Bis dahin hat der Deutsche längst ein neues Haus gebaut.

Manche sagen ja, ein Haus am See sei sehr beeindruckend. Wenn ich mir männliche Tinderprofile ansehe, sehe ich oft Männer an Seen, auf Klippen, auf Yachten – in der Nähe von Wasser eben, in dem sie dann majestätisch brustschwimmen.

In Finnland beeindruckst du niemanden mit Brustschwimmen und erst recht nicht mit einem Haus am See. Finnland hat mehr Seen als Menschen. Da ist mehr so Beziehungsstatus: Trockendock. In Finnland würdest du jemanden mit einem Stück Wüste beeindrucken, aber nur kurz, weil Finnen in der Wüste explodieren.

Manchmal hab ich mir gewünscht, mein Lateinlehrer würde explodieren, und dann hab ich darüber nachgedacht, woher das Wort kommt. Und explodieren kommt von *explodere*, was »forttreiben« heißt. Und dann dachte ich, dass das vielleicht funktioniert, wenn ich das Verb richtig konjugiere, und als ich dann die zweite Person Singular im Indikativ passiv gebildet hatte, im Futur II, weil du willst ja, dass er explodiert, aber nicht sofort, weil dann ist Stress im Klassenzimmer und danach ist Deutsch und du magst Deutsch, aber diese Explosion soll in irgendeiner Zukunft auch schon abgeschlossen worden sein und nicht in die Unendlichkeit geschoben werden, weil morgen ist Donnerstag und Donnerstag hast du Lateindoppelstunde, als ich jedenfalls die zweite Person Singular Futur II im Indikativ passiv von explodere gebildet hatte, *explosus eris*, da läutete es zur Pause und niemand verstand, was ich da schrie in der zweiten Reihe und warum ich auf den Lateinlehrer zeigte, aber er verstand es, denn er konnte ja als einziger Latein und dann explodierte er, aber leider nur metaphorisch und ich musste nachsitzen.

Der Personalchef von der *Burger King*-Filiale in Wien Floridsdorf Süd lässt meine Bewerbungsunterlagen sinken und starrt mich skeptisch an.

»Ich hab nur gefragt, ob Sie auch Italienisch können, weil da Latein steht«, sagt er.

Ich verneine. Und sein Blick ist so Futur II. Henrik wird diesen Job nicht bekommen haben. Macht nix. Morgen geh' ich zu *Tchibo*. Ich bin bloß ein bisschen traurig, dass er nicht bis zu meinen »besonderen Fähigkeiten« durchgedrungen ist. Da stand nämlich Brustschwimmen.

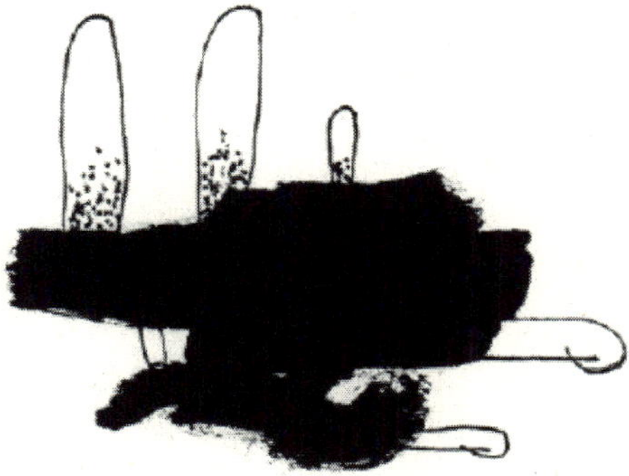

Ungarischer Name, finnischer Pass, deutsche Krankenversicherungskarte, Wiener Wohnort.

Chaos in der Arztpraxis auslösen? Kann ich.

Oma & MDMA

Ihr wisst doch gar nicht mehr, wie man richtig feiert, sagt Oma. Immer nur Chemie und Drogen und deprimierte Popstars, die jammern, wie schlecht sie es hatten. Warum nicht einfach Cola und Korn?

Und jammert bloß nicht, wie schlecht ihr es hattet. Wir hatten es schlecht. Wir hatten nicht mal Cola. Wir hatten nur Korn!

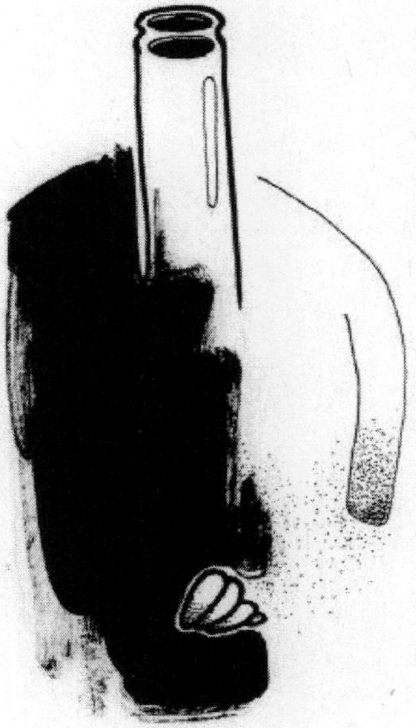

Streng genommen hatten sie damals nicht mal Korn. Oma lebt in Finnland, da gab's kein Korn, da gab's den Selbstgebrannten, den Guten, aus der Distille an der Sauna. Korn kennt sie seit den 80ern, als den ein Enkel vom Schüleraustausch in Norddeutschland mitgebracht hat.

Den haben die Nazis ja damals verboten, sagt Oma verschwörerisch und nimmt einen großen Schluck.

Mit Nazis hatte Oma nie Probleme, nur mit den Russen.[5] Als Oma auf die Welt kam, war Finnland noch ein russisches Gebiet, und heute ist sie älter als das Land, in dem sie sterben wird. Aber das sieht man ihr nicht an. Alkohol konserviert.

Immer nur Chemie und Drogen, schimpft sie. Amphetamine sind doch nur was für Kampfpiloten und dafür ist Oma nicht in den Krieg gezogen. Sie spricht vom Krieg in der dritten Person. Im Krieg war Oma Partisanin und hat Russen erschossen. Heute strickt sie viel und meckert über MDMA. Damals hätte das niemand genommen. Du sitzt da, in einem Schneeloch, den wahrhaftigen Gefriertod drohend im Nacken und plötzlich ballert dein Gehirn Endorphine aus allen Rohren und du läufst los und willst den Russen umarmen. Und dann zack! Landmine.

Hat ja keiner Bock drauf.

Da lieber den Schwarzgebrannten aus der Saunatille. Das hält warm und mutig.

Ich habe meine Oma als kleines, hartes, verknöchertes Muttchen kennengelernt. Die Haare schlohweiß und licht und im

---

5 Historisch betrachtet war Finnland hauptsächlich in kriegerische Auseinandersetzungen mit Russland verwickelt – inhaltlich hatte Oma sicher Probleme mit Nazis, weil Oma trotz aller Macken ganz schön humanistisch war, aber in diesem speziellen Fall war das russische Problem akut.

Winter trug sie auch mal einen Pullover, weil man wird ja älter, nicht wahr? So eine Mischung aus Hufflepuff und White Walker. Meist saß sie in ihrem Schaukelstuhl und ignorierte die Enkel und die Kinder. Oma war nicht gut in Gefühlen, die lagen noch draußen in Karelien, aber irgendwas musste sie mit den Kindern ja anstellen, also strickte sie eben.

Manchmal ging Oma jagen, aber als sie älter wurde, war ihr das zu mühsam. Jetzt schaltet sie das Hörgerät aus, wenn die Kinder laut sind, und schaut manchmal sehnsüchtig zur Flinte.

Wahre Geschichte: Es war mein achter Geburtstag, gerade wurde gesungen, Oma greift nach der Flinte. Das erdet.

Im Winter fährt sie mit ihrem Geländewagen über den gefrorenen See – oder nimmt den Besen[6] – und dann Omis Waldweg entlang. Der heißt wirklich so, seit meine Familie die Straße gekauft hat. Streng genommen hat sie einen geraden Strich durch einen Wald gekauft und ist dann so lange mit einem Traktor darübergefahren, bis es eine Art Feldweg war, und der heißt eben Omis Waldweg.

In Österreich muss man Großes leisten und sterben, ehe Straßen nach einem benannt werden. In Finnland reichen eine Axt und etwas Wohlwollen.

Oma hackt gern Holz. Manchmal schießt sie es auch. Oma kocht nur, wenn die Kinder kommen, aber sie kommen immer. Oma redet nicht über ihren Mann und Oma redet nicht über den Krieg, solange sie nüchtern ist. Mann und Krieg hängen zusammen, aber was zuerst kam und ging, das ist mir nie ganz klar.

---

6 Ich will nicht behaupten, dass Oma große Ähnlichkeit mit Baba Jaga hat, aber sie besitzt einen Mörser.

Oma ist modern. Oma hat Myspace. Oma raucht gern Pfeife. Oma kifft nicht. Hippies und Pazifisten kiffen, Oma hat eine Flinte und ist Realist. Oma gendert nicht, aber Oma redet auch kaum, sondern hört nur viel.

Oma tut immer so, als würde sie fremde Sprachen nicht verstehen. Einer der Schwiegersöhne hat sie mal mit Stalin verglichen. Das hat sie schon verstanden.

Oma war Lehrerin. Das Leben hat ihr viel beigebracht.

Oma ist eine Anekdote, aber eine verhärmte. In Wirklichkeit hat sie nie was gesagt zu Drogen oder Popstars, aber wir waren jung und manchmal ist es einem langweilig am finnischen Seeufer und dann spinnt man herum. Nur das mit dem Korn hat gestimmt. Korn mag sie tatsächlich. Messer mag sie auch.

Als ich vierzehn wurde, bekam ich ein Puukko. Das ist ein scharfes, edles finnisches Messer – Valyrian Steel des Nordens, denn winter is nicht coming, es ist Finnland, winter is schon da – und alle Finnen bekommen eins geschenkt, als Meilenstein, kurz vor dem Erwachsenwerden. Ein Freund von mir ist Norweger. Der bekam so eins mit sechs.

Jedenfalls war Oma ganz stolz, als ich es bekam, und schenkte mir noch rote Handschuhe dazu – damit man es nicht sieht, wenn ich mich mal schneide, meinte sie.

Als ich ein paar Wochen später am Flughafen stand, um zurück nach Deutschland zu fliegen, lag das Puukko in meinem Handgepäck und ich hatte es völlig vergessen, bis ein Zollbeamter es aus meinem Rucksack zog.

Ich weiß noch, wie ich ihm zusah, als er es herausholte, aus der Scheide nahm, die Klinge prüfte, testweise einen Stapel Notizblätter damit durchtrennte und mir zum Geburtstag gratulierte und das Messer zurück in meine Tasche legte.

Später erfuhr ich, dass nicht alle Finnen eins bekommen, sondern dass das nur in meiner Familie so ist und der Zollbeamte wohl mit mir verwandt war. Oma hab ich die Geschichte nie erzählt, aber Oma glaubt nicht an den Zoll oder an Grenzen. Die Grenzen, die sie kannte, waren aus Minen und Draht und Partisanen und Molotowcocktails.

Wenn andere über Politik reden, schaltet sie ihr Hörgerät aus und blickt sehnsüchtig zur Flinte.

Dann bringen wir ihr meist was von dem Korn und denken darüber nach, was sie wohl erzählen würde, wenn sie denn möchte. Sie erinnert sich noch, als Finnland Russland war. Das Land feierte 2017 hundert Jahre Unabhängigkeit.

Aber Oma erzählt nichts, sie strickt nur. Oma ist älter als das Land, in dem sie sterben wird. Und das sieht man ihr auch an.

Im Ungarischen gibt es eigene Worte für Geschwister. Je nachdem, ob es Brüder oder Schwestern und diese älter oder jünger sind.

Nővér – ältere Schwester
Húg – jüngere Schwester
Báty – älterer Bruder
Öcs – jüngerer Bruder

Gerüchten zufolge machen diese altersbedingten Hierarchien den Alltag mit Geschwistern nicht erträglicher oder reibungsfreier als andernorts. Ferner werden jüngere Schwestern in Ungarn nicht unbedingt öfter gehuggt.

Tor für Deutschland

Ich mag an Sprache, dass man so viel über Kulturen lernen kann. Sprache ist fließend, Sprache ist komisch.

Als 2014 im WM-Halbfinale Brasilien von Deutschland mit sieben zu eins zerstört wurde, passierte etwas Wunderbares: Seit diesem Spiel ist »Tor für Deutschland« in Brasilien ein Ausruf des Ärgers, so wie »Scheiße!«.

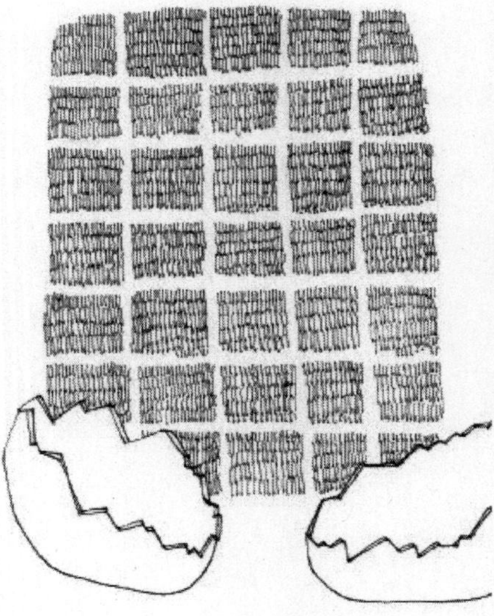

Du hast verschlafen, weil du noch was Dringendes für die Arbeit fertig machen musstest? Tor für Deutschland.

Der Bus fährt dir vor der Nase weg? Tor für Deutschland.

Eine Möwe kackt dir auf den Kopf? Tor für Deutschland.

Du kommst völlig abgehetzt im Büro an und dein Chef kündigt dir fristlos, weil du nicht nur zu spät, sondern auch noch voll mit Möwenkacke bist? Tor für Deutschland.

Du findest keine neue Arbeit, weil du bei einem großen brasilianischen Erdölkonzern gearbeitet hast, der Teil eines monumentalen Korruptionsprozesses ist, infolgedessen du als Zeuge vorgeladen und von allen Menschen innerhalb deiner Branche als toxisch betrachtet wirst, weil du durch deine Assoziation zu diesem Konzern nur schlechte PR bedeuten würdest, und dadurch musst du all deine Ersparnisse aufbrauchen und lebst fortan in der Gosse, wo du dich nur durch das Jagen von Möwen zu ernähren weißt, bis die Drogen deinem Alltag wieder Farbe geben, und so bewegst du dich zwischen Existenzangst und farbenfrohem Rauschzustand, bis dein Dealer genug von deinen Ausflüchten hat und dich absticht, weil du ihm noch so viel Geld schuldest, und du allein und verlassen in einer Seitenstraße ausblutest, während über dir die lachenden Möwen kreisen und du sie mit letzter Kraft noch verfluchst? Tor für Deutschland.

Es ist schön, wie kleine Katastrophen sich in der Alltagssprache einnisten. In Ungarn sagt man immer noch »*Több is veszett Mohácsnál*«, wenn irgendwas schiefläuft. Wörtlich übersetzt heißt es »Noch mehr ging bei Mohács verloren«, weil die Schlacht bei Mohács im Jahre 1526 immer noch der Zenit einer Katastrophe im kollektiven ungarischen Gedächtnis ist und das Land damals seine europäische Vormachtstellung, die gesamte Elite und einen König namens Ludwig verloren hat, was aber nicht auffiel, weil es in Europa immer sehr viele Ludwigs gab. Und heute, zwei Weltkriege, zwei gescheiterte Revolutionen, eine verlorene Sisi, ein verlorenes WM-Finale und einen Mauerfall später, ist das noch immer die Zeile, wenn das Kind eine Klasse nicht besteht oder der Orbán mit 48 % der Stimmen eine Zweidrittelmehrheit holt.

Abgesehen von kleinen und großen Katastrophen ist Sprache aber auch daher so wundervoll, weil wir dank ihr viel über Kulturen lernen können.

Ein Beispiel:

Der Deutsche verdient Geld.

Der Amerikaner macht Geld.

Der Ungar sucht Geld.

Das ging auch bei Mohács verloren.

Eine Freundin von mir möchte unbedingt lernen, in jeder Sprache bis zehn zu zählen. Was beispielsweise auf Finnisch sehr witzig klingt. *Yksi, kaksi, kolme.* Ein Freund wiederum möchte in jeder Sprache die Übersetzung für »Bier« kennen.

Ich habe versucht, die beiden zu verkuppeln, damit sie überall ein bis zehn Bier bestellen können.

Die Liebe ist ohnehin sehr vielsagend. Auf Spanisch machst du keine Hundeaugen, wenn du jemanden treudoof anhimmelst. Du machst die Augen eines geköpften Lamms.

Im Kroatischen besteht ein hauchdünner Unterschied zwischen *Volim te* und *Molim te.* Das eine bedeutet »Bitte« und das andere »Ich liebe dich« und das ist die Geschichte, wie ich beinahe einen Kellner aus Split geheiratet habe.

Bedeutungen sind fließend, oft nah beieinander, und manchmal bedeutet ein Wort, das in einer Sprache völlig klar ist, in einer anderen etwas völlig anderes. Auf Finnisch heißt »Schau mal« beispielweise *Katso!*, was auf Italienisch wiederum »Schwanz« bedeutet und als Schimpfwort verwendet wird. Wie eben »Tor für Deutschland«.

Das hab ich früh gelernt, damals, als ich mit fünf, klein, lockig, unschuldig, mit meiner Mama in Rom war und völlig entgeistert auf das Kolosseum zeigte und »Katso!« rief und daraufhin all die italienischen Mütter ihre kleinen, lockigen, unschuldigen Kinder erschrocken von mir weggezerrt haben und meine Mama kopfschüttelnd anstarrten, und weil meine Mama Finnin war und weil finnische und italienische Mimik sich auf diametral unterschiedlicher Position innerhalb des Koordinatensystems interkultureller Kommunikation befinden, entbrannte ein Streit, was ich nicht mitbekam, weil das Kolosseum schon sehr krass ist, und da stand ich also und rief nur »Katso! Katso! Katso!«, damit meine Mama endlich schaut, und dann waren wir auf der Polizei und dann gab es Eis.

Finnisch ist da als Sprache ohnehin sehr ökonomisch. Du kannst mit zwei finnischen Worten bis zu neun verschiedene Bedeutungen zaubern. Der finnische Satz *kuusi palaa* lässt sich folgendermaßen übersetzen: Die Tanne brennt. Die Tanne kehrt zurück Die Nummer sechs brennt. Die Nummer sechs kehrt zurück. Sechs brennen. Sechs kehren zurück. Dein Mond brennt. Dein Mond kehrt zurück. Und: sechs Stück.

Nur falls sich jemand fragt, ob Finnisch eine schwere Sprache sei. Manche Sachen klingen auch einfach komisch. Arzt auf Finnisch heißt *lääkäri* und auf Ungarisch *orvos*. Und dann stehst du da, und fragst dich: Wenn es hart auf hart kommt – gehst du dann lieber zu einem lääkäri oder zu einem orvos?

Sprache ist etwas Wunderbares. Wir haben allein im Deutschen tausende Worte, mit denen wir eine Unendlichkeit an Gedanken, Ideen, Formen und Geschichten spinnen können, und statt dieses ganze Potential zu nutzen, sagen wir einfach den lieben langen Tag den immerwährend gleichen Kram: Wie ist das WLAN-Passwort? Willkommen bei *McDonald's*, was kann ich für Sie tun? Händigen Sie sofort meinen Lieblingselefanten aus! Ich liebe dich. Verlass mich nicht! Ich freue mich sehr über die Abschiebung von 69 Schutzbedürftigen an meinem Geburtstag. Ich habe einen Termin. Das kannst du so nicht sagen. Dein Onkel erinnert mich an einen Gecko. Bleib gefälligst stehen! Ist da noch frei? Jon Snow ist tot. Warum hilft mir denn niemand? Jon Snow lebt. Wo ist der Schlüssel? Agathe starb schreiend.

Und auf dieser Klaviatur der Sprache können wir unendlich kluge – und dumme – Melodeien spielen, auf dass aus uns die Saat der Erkenntnis zu dem sprieße, was zwischen Menschen als Friede bekannt ist.

Ich meine, das alles hilft jetzt den Brasilianern nicht. Sie sind trotzdem rausgeflogen. Haben geweint und getobt, einen Typen namens Fred verflucht. Aber sie haben jetzt ein tolles neues Schimpfwort.[7]

---

7 Wie der Zufall so will, ist dieser Text knapp vor der WM 2018 entstanden und das Buch bereits im Druck, bevor das erste Match angepfiffen worden ist. Während der WM geschieht mit Sicherheit etwas, das dieser Episode brasilianischer Alltagsempörung ein würdiges Schlusskapitel aufzudrücken weiß. Ich bin jedenfalls sehr gespannt auf das neue Ende dieses Textes und möchte mich an dieser Stelle noch einmal explizit solidarisch mit Fred zeigen. Das hat er wirklich nicht verdient. Die ganze Seleção hat mies gespielt. Und das Problem sind auch nie die Möwen. Es sind die Schwalben. Neymar – wir beobachten dich.

Wir können viel lernen über uns und einander anhand der Sprache. Also nutzen wir das. Alles andere wäre ~~Tor für Deutschland.~~

Tor für Südkorea!

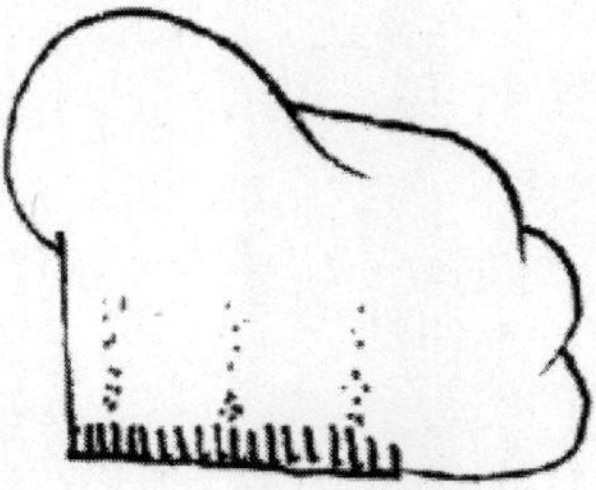

Wenn es hart auf hart kommt:

Gehst du lieber zu einem *lääkäri* oder zu einem *orvos*?

[tinyurl.com/orvosohnegrenzen]

Das zweischneidige Pferd

Mein Papa mag »Wer wird Millionär?« in einer Intensität, mit der andere in Kirchen gehen. Wohlgebildet, weltgewandt und vielsprachig ruft er mich regelmäßig an und erklärt mir, dass er gerade theoretisch eine Million gewonnen hätte. Das ist schön, das ist süß und vor allem ist es falsch. Obgleich er ab den vierstelligen Beträgen richtig aufdrehen würde, käme er nur mit Mühe durch die ersten Fragen. Es ist ein zweischneidiges Pferd.

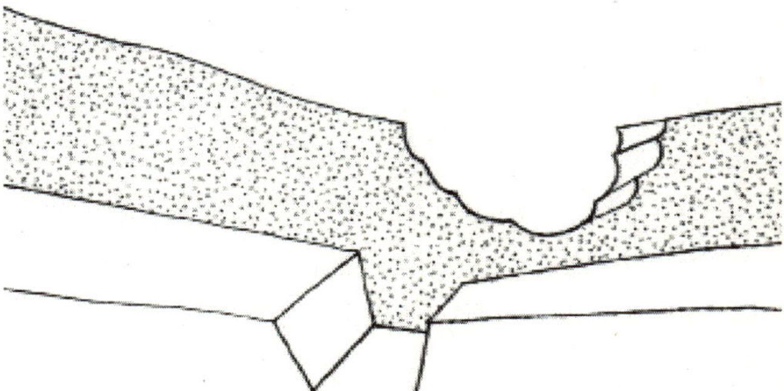

Wie viele Nicht-Muttersprachler tut er sich mit deutschen Redewendungen schwer. Manchmal vermischt er sie, vergisst er sie, verdreht er sie.

Aber Väter neigen zu Sprichworten, Aphorismen, Redensarten – egal, wie oft »Wer wird Millionär?« in neue Staffeln geht (und so messe ich bei ihm mittlerweile die Jahre).

Wie ein Damoklespferd hängen diese Sprüche drohend über all den gemeinsamen Situationen. Zeit, sie niederzuschreiben und zu sammeln. Die schönsten Mutationen mir begegneter Nicht-Muttersprachler (und Kinder, ernsthaft, Kinder!) und des größten Wer-wird-Millionär-Kandidaten, der es nie auf den Stuhl schaffte:

Abwarten und Feen schminken.
Alles hat ein Ende, nur die Wurst nicht.
Auge um Auge, Hahn um Hahn.

Die Ratten verlassen das stinkende Schiff.

Eine Kuh macht muh, viele Kühe machen Krach.
Ende gut, zum Glück.
Es ist nicht alles Gold, was brennt.

Für jeden Topf gibt es einen passenden Herd.

Geld allein macht nicht arm.

Harte Schale, leichter Kern.
Hochmut kommt vor dem Knall.

In der Not frisst der Teufel Piloten.

Jeder ist seines Glückes Dieb.

Knapp daneben ist auch daneben.

Laola, die Tanzfee.[8]
Liebe macht Kind.
Lieber ein Ende mit Schrecken als Heuschrecken.

Man beißt nicht die Hand, die man füttert.
Mut ist dicker als Wasser.

Nicht für die Schule, sondern für den Lehrer lernen wir.[9]

Ohne Fleiß kein Mais.

Rom ist nicht an einem Tag abgebrannt.

Scherben bringen nichts.
Schlafende Hunde bellen nicht.
Stille Wasser sprudeln nicht.

---

8 Laola ist eine Figur eines türkischen Mädchens, das ich im Kindergarten erlebte und die mit »Holla, die Waldfee« nichts anzufangen wusste. Augenzeugenberichten zufolge ist die Tanzfee unendlich viel beeindruckender als eine Waldfee.

9 Das ist einfach wahrer als das tatsächliche Sprichwort.

Träume sind Bäume.[10]

Übermut kommt vor dem Finanzamt.[11]
Unter den Teppich geteert.

Viel Lärm um dich.
Von der Wiege bis zur Bahn.
Vorsicht ist die Mutter der Porzellanpiste.

Was dich nicht umbringt, bringt dich nicht um.
Was lange währt, wird irgendwann schlecht.
Was der Bauer nicht kennt, heiratet er nicht.[12]
Was sich neckt, das kriegt nichts.
Weniger ist nicht viel.
Wenn der Berg nicht zum Propheten kommt, braucht der Prophet Seile.
Wenn du einen Freund brauchst, kauf ihm einen Hund.
Wenn zwei sich streiten, nervt es den Dritten.
Wer A sagt, muss auch A machen.
Wer den Pfennig nicht ehrt, hat einen Euro.[13]
Wer nichts wird, wird nichts.
Wo kein Kläger, da kein Mist.

---

10 Das habe ich als Kind gesagt, bevor ich begriffen habe, was die Intention des eigentlichen Spruches ist. Ich finde meine Interpretation gesünder.

11 Oder danach, weil man so ein Fuchs war.

12 Ist der Stammbaum erst ein Kreis, hilft dem Bauern auch kein Fleiß. Alte deutsche Bauernregel.

13 Wer hier lange genug sucht, findet bestimmt eine EZB-Metapher.

Laut meiner Erfahrung sind es meistens die Artikel, die jedem Novizen deutscher Sprache zum Verhängnis werden. Warum das Messer neutral, die Gabel weiblich und der Löffel männlich ist, ist auch mir nach all den Jahren ein Rätsel.

Ein Freund unserer Familie lässt aus diesem Grunde die Artikel einfach weg. Um sich nicht zu blamieren, kompensiert er das mit allerlei Redewendungen die, nun ja, in einer Vielzahl oben zu lesen sind.

Wesentlich ist dabei, dass Redewendungen und insbesondere die Verfremdung dieser Spiele mit Sprache sind (ob absichtlich, sei an dieser Stelle dahingestellt), bei denen sich ein Mensch gar nicht blamieren kann, denn: Wenn wir lebendig mit unserer Sprache umgehen, erfahren wir sie dadurch auf Weisen, die einer kurzfristigen sozialen Errötung in ihrer Tragweite weit überlegen sind.

Das Pferd ist nicht zweischneidig, sondern auf dem Weg. Und diesen gemeinsam anhand der Bonmots all jener zu begehen, deren Blick auf diese Sprache noch frisch ist, ist eine Freude. Sie lernen es ohnehin.

In diesem Sinne: Abwarten und Feen schminken.

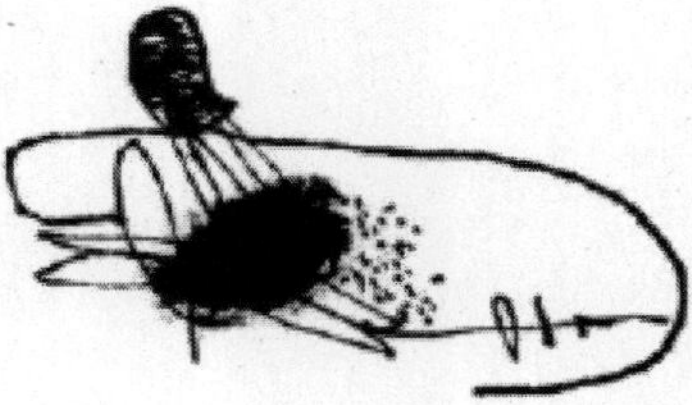

In Finnland gibt es keine Grammatik-Nazis, keine Rechtschreib-Polizei, keine Korinthenkacker oder schreiberische Pedanten.

Stattdessen gibt es *pilkunnussija*.

Je nach deutschsprachiger Prägung heißt das »Kommabegatter« oder »Beistrichficker« und meint exakt dasselbe.

Wenn du mit dem Fernzug nach Wien fährst

Wenn du mit einem Fernzug nach Wien fährst, hältst du zuerst in Wien Meidling. Die Schnellzüge halten direkt neben dem Friedhof, damit du sofort weißt, mit was für einer Stadt du es zu tun hast.

Der Wiener, der fährt Regionalbahn. Die halten vor dem *McDonald's*. Aber diese ganzen Weitgereisten, die der Wiener besonders mag, die halten vor dem Friedhof.

Ich sitze im Zug und schaue aus dem Fenster. Neben mir sitzt ein Kleinkind mit großen Augen und starrt mich an. Es weiß noch nicht, dass Wien offiziell die zweitunfreundlichste Stadt der Welt ist, und denkt deshalb, wir könnten Freunde sein.

Es versucht zaghaft, mit mir Kontakt aufzunehmen, aber leider bin ich sehr hungrig. Mein lautes Magenknurren verhindert die Vertrauensbildung und das Kind schreckt zurück an die Mutterbrust. Die Mutter ist Wienerin. Ich weiß das, weil ihr alles egal ist.

Ich reiche dem Kind meinen Handrücken, damit es mal schnuppern kann. Das klappt ja auch bei Hunden, denke ich.

Ich komme aus Finnland. Dort ist man zurückhaltend, aber freundlich. Dort stehen die Friedhöfe nicht neben den Gleisen, sondern am Rand des Waldes. Dort haben die Züge gutes WLAN.

Streng genommen ist Finnland ein Wald mit gutem WLAN.

Wenn ich in Wien einkaufe, vermisse ich Finnland, weil die Menschen nicht motzen. Weder die Kunden noch die Angestellten. Als die Philosophie des Customer Relationship Managements es über all die austriakischen Widerstände in den hiesigen Einzelhandel schaffte, hieß es anfangs nur, dass die Kunden nicht mehr beleidigt werden dürften.

Jetzt hat sich der – sagen wir sehr deutsche – Trend aus Treuepunkten, Paybackkarten und Prospektaktionen auch in Wien breitgemacht, was der Urwiener natürlich als teutonischen Raubzug seiner eigenen Identität versteht. Außer das Bier ist im Angebot.

Ich empfinde das System von Treuepunkten als etwas sehr Katholisches. Du kaufst in einem bestimmten ideologischen Supermarkt ein und wenn du genügend Punkte gesammelt hast, dann liegst du irgendwann neben den Fernzügen in Wien Meidling und dein Bewusstsein wandert in den Himmel, der – wenn du Glück hast – ein Wald mit gutem WLAN ist.

Oder du hast zwischendurch bei der Konkurrenz eingekauft und landest bis in alle Ewigkeit in einem Supermarkt, wo es immer Samstagabend um 17.45 ist und es nur eine Kassa gibt – was eigentlich nicht schlimm klingt, aber eine typisch österreichische Hölle[14] ist, da hier die Läden grundsätzlich um 18 Uhr

---

14 Andere Beispiele wären etwa Cordoba mit Sieg aus Sicht der Deutschen, freundliche Menschen, gut gelaunte Menschen, Deutsche mit guter Laune, weil Fußball, Deutsche mit guter Laune, Deutsche und Fortschritt.

schließen, Sonntags geschlossen bleiben und was in keiner anderen Industrienation so vorkommt, weil warum auch, weil ja des is ja des und mocht ja nix.

Ich mag Treuepunkte. Du musst für sie exakt nichts machen, außer wiederkommen und dran glauben, dass sie dir irgendwann etwas bringen.

Im Grunde sind Treuepunkte sehr katholisch.

Als ich fünf war und meine Mutter sehr krank, da organisierten meine Eltern jemanden, der auf mich aufpassen sollte. Wir wohnten damals in einem Wald und galten im anliegenden Dorf als seltsam. Deshalb bekam ich auch kein Kindermädchen, kein Au-Pair, sondern ich bekam eine Nonne.

Sie war gerade ins Gästezimmer eingezogen, als ich angehalten wurde, mich bei ihr vorzustellen. Auf dem Weg zur Tür hörte ich ein dumpfes Hämmern im Raum vor mir. Drei, vielleicht vier Schläge.

Als ich klopfte, öffnete eine Nonne. Die Sache ist – ich kannte Nonnen nicht. Das Konzept einer Nonne war mir bis dato völlig unbewusst. Aus meiner Perspektive stand da also eine strenge Frau in schwarzem, wehendem Stoff, einer Haube, unter der ein kühles Augenpaar auf mich herabsah, und mit einem Hammer.

Wenn dir als Fünfjähriger eine wehende schwarze Gestalt mit Hammer im Hausflur begegnet, wendest du den ältesten Überlebenskniff an, den du kennst: Du machst die Augen zu.

»Was willst du, Junge?«, fragte sie. Ich hörte, wie sie den Hammer aus der Hand gab.

»Meine Eltern haben gesagt, dass du auf mich aufpasst«, stotterte ich.

»Wenn ich auf dich aufpassen soll, dann musst du ein braver Junge sein.«

Ich öffnete erstmals die Augen und blickte an ihr vorbei. An der Wand hinter ihr war ein Mann ans Kreuz genagelt. Ich entschied, der bravste aller Jungen zu sein.

Sie fragte, wie ich zu Gott stünde. Ich wusste nicht, wer das war.

»Gott«, sagte sie, »Gott ist der Anfang und das Ende, der Allmächtige, Gott ist das Licht.«

Wo Gott sei, wollte ich wissen.

Überall sei er!

»Hier?«, fragte ich.

»Überall!«, wiederholte sie.

»Ich seh ihn nicht«, sagte ich.

»Aber er ist hier!«

Ich war kein schlaues Kind. Wenn Papa einen Ball vor mir versteckte, ging ich immer davon aus, dass der Ball verschwunden war und Papa ein Zauberer. Somit ist Objektpermanenz quasi ein Gottesbeweis.

Ich deutete auf den Mann an der Wand. Wer das sei, fragte ich. Das sei Jesus, sagte sie, der Sohn Gottes.

»Warum hängt er da?«, fragte ich.

»Weil er für deine Sünden gestorben ist«, sagte sie.

»Wann?«, fragte ich.

»Vor 2.000 Jahren«, sagte sie.

»Aber ich bin erst fünf!«

»Du wurdest in Sünde geboren«, sagte sie.

»Ich wurde in Finnland geboren.«

Weil wir in einen Wald in Deutschland ausgewandert waren und dieser in Bayern lag, waren dort zwei Dinge heilig: Gott und Bier. Eine lokale Brauerei war nach Sankt Martin benannt und im Kindergarten bastelten wir Laternen für ihn.

Sankt Martin hatte eines Winters einem Bettler die Hälfte seines Mantels gereicht und das gefiel wohl Gott, denn dann froren beide, weil ein halber Mantel im Winter nichts bringt.

In Finnland teilst du deinen Mantel nicht, du machst stattdessen ein Feuer. Aber Finnland und Katholizismus sind ohnehin schwer vereinbar.

Anfang der 2000er hat der Finnische Rundfunk in einer landesweiten Umfrage die 100 größten finnischen Persönlichkeiten bestimmen lassen. Darunter war Lalli, ein Bauer, der nur dafür bekannt ist, im Jahre 1156 einen Bischof auf einem gefrorenen See erschlagen zu haben, weil der Bischof sich erst bei ihm einquartiert und durchgefuttert hat und danach nicht bereit war, dafür zu bezahlen. Hashtag Kirchensteuer.

Und dieser Lalli landete fast 900 Jahre später auf Platz 14 der bedeutendsten Finnen. Direkt hinter dem Sänger von HIM.

»Der Bischof hieß übrigens Henrik von Uppsala«, sagte die Nonne und wog nachdenklich ihren Hammer.

Ich lernte viel über Gott in diesen Tagen. Die Nonne setzte mich auf ein Fahrrad ohne Stützräder, um mir das Fahren beizubringen. Auf einem Schotterweg. Ich lernte auch viel über Schwerkraft. Der Unterschied zwischen Gott und Schwerkraft ist, dass die Schwerkraft wirkt, ob du daran glaubst oder nicht.

Die Nonne sagte, meine Mama würde gesund, wenn ich nur dafür beten würde. Denn Gott sei die Heilung und das Licht.

Das Wort »katholisch« ist ohnehin nur ein Anagramm von »Sah Licht, o. k.?!«.

Ich betete viel und das Licht ging auch an, wenn ich auf den Schalter drückte, aber Mama wurde nicht gesund. Dafür lernte ich Fahrradfahren.

Mein Zug erreicht den Wiener Hauptbahnhof. Das Kind wird verschnürt und winkt zum Abschied. Ich muss noch einkaufen. Als ich an der Kassa stehe, hinter einem jungen Pärchen, hör ich die Kassiererin fragen: »Sammeln Sie Treuepunkte?«

Der Mann verneint.

Seine Frau rollt mit den Augen und sagt: »Tut er wirklich nicht.«

Als die Kassiererin mich fragt, sage ich, dass ich keine sammle. Treuepunkte sind ein Anagramm von Punkertuete. Das ergibt keinen Sinn, aber ist wenigstens wahr.

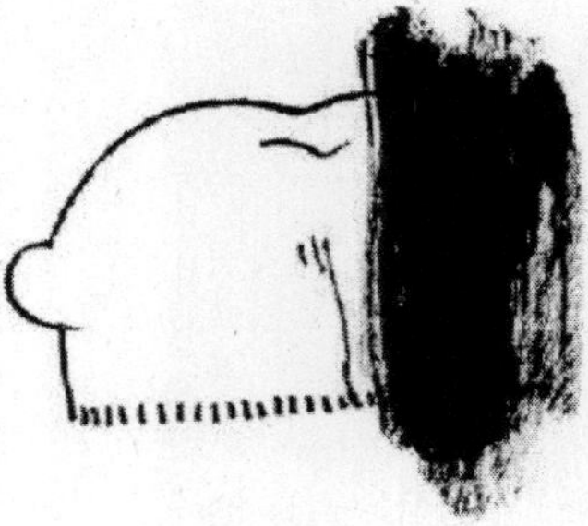

Zwei finnische Begriffe, die anderen Sprachen fehlen:

Kaamos (nicht übsersetzbar)
Die Polarnacht.
Eine Zeitspanne von absoluter Dunkelheit, in der die Sonne den Horizont nicht überschreitet.
Das Wort vermittelt massive emotionale Bandbreite und passt gut zum Verlangen nach Sonne, zur Beschreibung fehlender menschlicher Nähe oder einem Überwintern.
Fester Bestandteil vieler guter und einiger bemühter Gedichte, Songtexte und Anekdoten.

Yötön yö (nachtlose Nacht)
Mitternachtssonne.
Die Zeitspanne, in der die Sonne nie untergeht, aber sich gegen Mitternacht dem Horizont nähert.

Von der Orientierungslosigkeit in klaren Nächten

An manchen Tagen schafft er es nicht aus dem eigenen Kopf.

Dann steht er barfuß im Schnee und schaut sich beim Dampfen zu. Die Sauna ist eng, die Steine spröde. Wenn er nicht ausreichend einheizt, sickert das Wasser in die Rillen.

Wenn er einheizt, löst er Sudoku. Die Mittelschweren schafft er in unter zwei Minuten, aber nur wenn der Bleistift gespitzt ist. Teemu ist stolz auf seine Zeiten, manchmal gibt er sie seiner Freundin durch. Er betrügt seine Freundin selten, sie ihn oft – zumindest nimmt er das an. Im Süden, wo die Männer gepflegte Bärte haben und die Stücke im Theater kennen, kann er ihr das auch nicht verübeln.

Hier oben enden die Tage nicht. Manchmal beginnen sie auch nie. Je nachdem, was der Kalender sagt. Teemus Kalender ist aus dem letzten Jahrzehnt, ändert sich ja nichts, außer den Wochentagen, aber die hat er im Gefühl. Montage sind hart, Freitage auch.

Wenn über Nacht das Aggregat einfriert, klopft Teemu es frei. Früher hat Vater das getan und Teemu, auf dem Schlitten hockend, folgte jeder Bewegung. Vater klopft nicht mehr, aber Sorgfalt ist erblich.

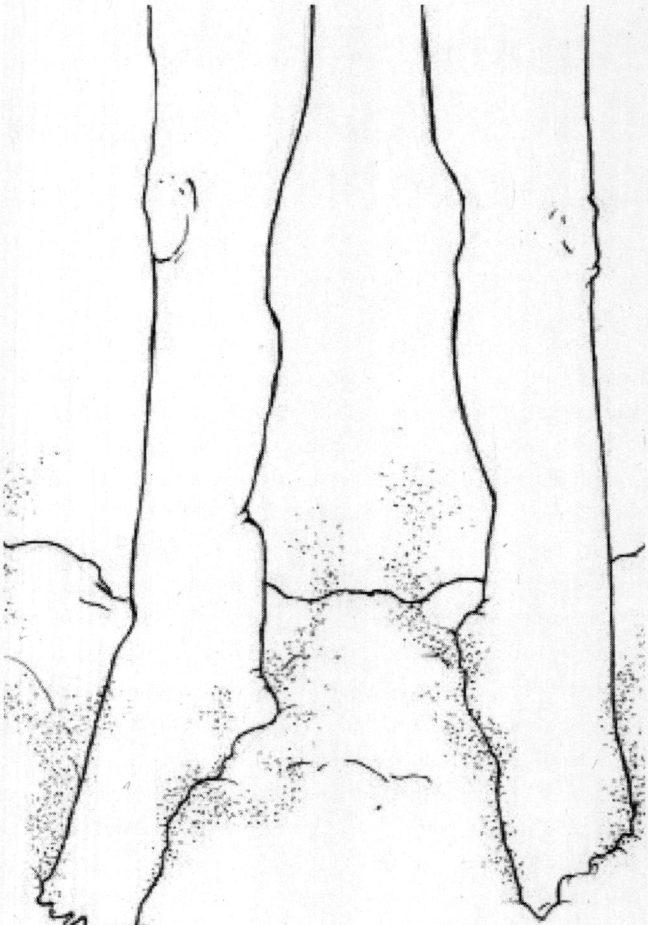

Von Vater hat er auch die Sonnenbrille. Zum Polartag trägt er sie durchgehend, außer um Mitternacht, wenn es kurz dämmert. Polartag ist ihm lieber, denn Dunkelheit, die mag Teemu nicht. In der Dunkelheit geht sein Kompass ein und er weiß nicht, wann wann ist. Zum Polartag sieht er durch das Fernglas die anderen Häuser und wenn die Hunde angekettet sind und die Sonne sich dem Horizont nähert – ohne ihn zu überschreiten –, dann weiß er um die Nacht.

Es schläft sich schlecht in klaren Nächten. Teemu fühlt sich morsch, außer in der Stunde nach der Sauna. Das Holz hackt er vor dem Frühstück. Bevor er schläft, telefoniert er, aber die Freundin ist meist beschäftigt. Manchmal schickt er ihr Sprachnachrichten, manchmal bekommt er welche.

Teemus Tage sind lang, denn Teemu ist fleißig und stolz darauf. In seinen Mittagspausen isst er Schinken und löst Sudoku. Wenn niemand ihn stört, schafft er sogar die schweren, aber nie unter fünf Minuten.

Teemu notiert seine Zeiten und wenn da dieses Gefühl in ihm wühlt, dieses Bestimmte, dann holt er sein Büchlein und vergleicht sie. Teemu ist schneller geworden und das behagt ihm nicht. Manchmal macht er Fehler und anstatt diese dann zu suchen, beginnt er ein Neues.

Die Dunkelheit bekommt ihm nicht. In ihr fühlt er sich morscher. Dann heizt er nicht richtig und das Wasser sickert in die Steinrillen in der Sauna und der Dampf kann sich nicht richtig entfalten. Mittwochs steigt er auf den Schlitten und kauft Schinken und Zeitungen. Kreuzworträtsel hat er versucht, aber die Theaterstücke, nach denen sie manchmal fragen, die kennt er nicht. Das ist was für die Herren in Helsinki.

Teemu war mal im Theater, aber gefallen hat es ihm nicht besonders. Alle reden durcheinander und nichts passiert, bis etwas passieren soll. Dann reden alle einzeln und am Ende verbeugen sie sich stolz, weil sie so viel gesagt haben.

Manchmal spricht Teemu mit dem Schlitten oder mit den Steinen und sie hören ihm zu. Es sind gute Gespräche, auch wenn viele Worte in den Rillen versickern. Dann spült er sie aus und heizt ein, damit der letzte Rest verdampft.

An manchen Tagen schafft er es nicht aus dem eigenen Kopf. Dann kreist er in sich. Ganz taub ist dann alles, nur ein Rauschen am Rand des nie endenden Tages. An solchen Tagen fühlt er sich grau und weiß nicht recht, was das bedeutet.

An solchen Tag putzt Teemu Vaters Flinte, falls ein Bär sich verirrt, aus Russland, und ihn reißen will. Teemu möchte nicht gerissen werden und Bären mag er auch nur aus der Ferne.

An manchen Tagen mag er sich. Wenn das Sudoku schnell von Händen geht oder er was Spannendes zu erzählen hat.

An längsten Tagen mag er sich nicht, weil da nichts schnell geht und nichts Spannendes passiert. Das Schnelle und Spannende, das geschieht im Dunkeln, nicht bei Licht. Bei Licht ist alles taub und grau, kurz vor Mitternacht, wenn die Sonne den Horizont umwirbt.

Teemu steht barfuß im Schnee und sieht sich beim Dampfen zu. Vielleicht, so hofft er, löst er sich auf. Dann wäre er Dampf aus rissigen Steinen. Und wenn er richtig einheizt, dann sickert auch nichts in die Rillen.

Finnland gilt nun als eines der glücklichsten Länder der Welt.
Nach Jahren hoher Suizidraten bleiben irgendwann auch nur
die Glücklichen.

Abendessen mit dem Vater

Ich gehe mit meinem Vater essen.[15] Das ist schön, denn es gibt was zu essen und essen ist ja auch gesund und meistens bezahlt er dafür. Das ist auch für meinen Geldbeutel gesund. Ich würde mich nicht als arm bezeichnen, aber ich esse doch sehr, sehr oft Nudeln.

Er sucht das Restaurant aus. Italienisch. Vermutlich esse ich wieder Nudeln, aber diesmal sind es teure Nudeln mit einer Sauce, insofern ist das nicht so schlimm wie die Armennudeln, die man sonst zu sich nimmt.

---

15 Der große Hokuspokus einer Poetry-Slam-Bühne ist das geflügelte Wort der Authentizität. Konkret bedeutet das, dass ein Publikum meistens nicht zwischen der Person auf der Bühne und einem Ich-Erzähler des Textes trennt, was insbesondere bei diesem Text zu witzigen Situationen führte. Beispielsweise als eine Lokalzeitung – Spoiler – in ihrem Schlussbericht darüber sprach, dass Henrik Szanto sich über seinen rassistischen Vater aufrege. Das ist insofern bitter, weil der tatsächliche Vater gar nicht rassistisch, geschweige denn unangenehm ist und die Vaterfigur in diesem Text tatsächlich nur eben das ist – eine Figur. Leider ist Lokalpresse nicht immer unbedingt der Quell durchdachter Analysen, was unter anderem dazu führte, dass mein Papa mich völlig entgeistert anrief und fragte, warum ein fränkisches Provinzblatt behauptet, mein Vater sei rassistisch. Insofern – um einen klassischen Bühnentrick zu lüften: Auch wenn wir »Ich« sagen, heißt das nicht automatisch, dass wir das erlebt haben. Oder gesagt haben. Oder es um uns geht. Und manchmal heißt es das doch. Die Welt ist schichtig.

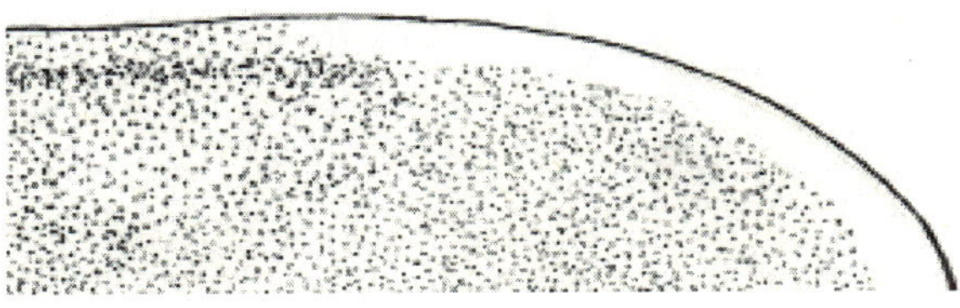

Wie das Leben laufe, fragt mein Vater und leitet damit die Triade der Lebensentwurfssafari ein, mit all den seltenen Fragetieren, die es bei den quartalsmäßigen Treffen abzuknallen gilt:

Uni? Existiert. Man nennt es wohl ein »Gebäude«.

Liebe? Existiert als gesellschaftlich forciertes Konstrukt kleinbürgerlichen Beisammenseins.

Geld? Existiert. Woanders.

Aha, das klinge ja gut, sagt er.

»Nein, nicht wirklich«, erwidere ich.

Ach, doch, doch, immerhin gebe es keinen Krieg und keine Naturkatastrophen und schwul sei ich auch nicht.

»Mh-hm«, sage ich und wundere mich, dass Homosexualität die Klimax in der apokalyptischen Triade rund um Krieg und Katastrophen ausmacht, aber behalte es für mich, denn mein Vater ist Ungar.

Ungar zu sein ist gerade schwer genug, weil Orbán sich wie ein faschistoides Rumpelstilzchen benimmt und das Land seit über 50 Jahren nichts mehr im Fußball reißt.

Wir sprechen miteinander auch ungarisch, was für Außenstehende sehr unterhaltsam sein muss, weil er ungarisch spricht, wie es sich gehört, also mit lauter Stimme und ausladenden Gesten und richtig viel Leidenschaft. Quasi das Italienisch des kleinen Mannes.

Wir sitzen im Restaurant. Das Paar am Nebentisch hat die Rechnung liegenlassen. Mein Vater springt auf und schnappt sich diese, weil er gerne fremde Rechnungen sammelt. Die Kellnerin erscheint, bittet ihn, die Rechnung freizugeben. Er weigert sich.

Er sammle die, erklärt er.

Sie schaut verwirrt und erklärt höflich, dass sie die Rechnungen zum Abrechnen brauche.

Er erklärt forsch, dass er sie sammelte.

Sie lächelt mit steinerner Mine, bedankt sich für sein Verständnis, reißt ihm die Rechnung aus der Hand und läuft davon.

Ich erinnere mich, warum ich ungern mit meinem Vater essen gehe.

Er erinnert sich an viele Schimpfworte und beschwert sich lautstark auf Ungarisch über das »kleine Mädchen«, das die Rechnung gestohlen hat.

Die Kellnerin erscheint mit einem Lächeln und erklärt höflich und im besten Ungarisch, dass sie kein kleines Mädchen sei, sondern höchstens eine junge Frau.

Das sei doch das Gleiche, sagt er.

»Nein«, sage ich.

»Nein«, sagt sie.

Doch, sagt er, er sei alt und für ihn sei das gleich.

»Nein«, sage ich, »die Verkindlichung des Gegenübers aufgrund des Alters ist ein unnötiger Ageismus und in diesem Fall verhältst du dich antifeministisch, da du durch die Verniedlichung und die damit verbundene Aberkennung ihrer vollen Mündigkeit ihr Handeln und Dasein marginalisierst. Außerdem kann sie kein Mädchen sein, denn das wäre Kinderarbeit und das ist illegal. Zumindest in Österreich.«

Mein Vater droht mir mit Wasser und Brot.

Ein neuer Kellner erscheint, um die Bestellung aufzunehmen. Ich ahne, dass wir kein fremdspeichelfreies Essen bekommen.

Auf Ungarisch erklärt mein Vater mir, dass das Mädchen sich nicht so zieren solle.

»Sie ist kein Mädchen«, antwortet der Kellner. Auf ungarisch.

Mein Vater erklärt, dass er ihn für minderbemittelt halte, und bestellt eine Suppe.

Ich finde das mutig und bestelle Pizzabrot, da sieht man wenigstens, wenn es bespuckt wurde. Mein Vater wird angerufen. Er spricht am Telefon besonders laut, weil das Gegenüber ja weiter weg ist. Das halbe Restaurant lauscht seinen Darlegungen.

Ich weise darauf hin, dass es sinnvoll wäre, nicht mehr auf Ungarisch über den Service zu fluchen, da hier wohl einige Ungarn arbeiten.

Er denkt kurz nach.

Eigentlich müsste ich ihn nicht darauf hinweisen. Mein Vater ist ein hochgebildeter Mann mit dem Intellekt eines Albert Einstein und dem Aussehen eines Lothar Matthäus[16], aber je älter er wird, desto mehr vertauschen sich diese Attribute.

Eine neue Kellnerin bringt Pizzabrot und Suppe.

Warum eigentlich so viele Ungarn in einem italienischen Restaurant arbeiten, fragt er, das sei doch unnatürlich.

Ich lächle gequält, während ich in Gedanken aus Pesto und Sesampaste eine Camouflagegesichtsfarbe anmische und einen Unsichtbarkeitsmantel aus Pizzateig backe.

Wir essen auf. Ein vierter Kellner erscheint, um abzuräumen. Er ist schwarz.

---

16 Sollten Sie in Österreich leben, ersetzen Sie bitte vor Ihrem inneren Auge den Herrn Matthäus mit dem Herrn Gabalier. Leben Sie in der Schweiz, dann beglückwünsche ich Sie dazu und bin mir sicher, dass die Stabilität Ihres Landes Sie darüber hinwegtrösten wird, dass hier kein auf Sie zugeschnittenes Pointen-Substitut steht.

Der *****[17] werde wohl kein Ungarisch sprechen, erklärt mein Vater.

»Doch«, sagt dieser.

Ich bestelle ein Erdloch. Erdlöcher sind leider alle.

»Warum du denn jetzt auch noch rassistisch werden musst«, frage ich.

Was denn, sagt mein Vater, das sei ein ganz normales Wort, das bedeute eben schwarz.

Ich sage ihm, dass er ein Wichser sei. Er starrt mich empört an.

»Was denn«, sage ich, »das ist doch ein ganz normales Wort. Ist eben jemand, der ... Schuhe poliert. Vielleicht bist du aber auch ein Taugenichts. Jemand, der ein dickes Seil nachhaltig davon abhalten will, den Ort zu verlassen.«

Mein Vater ist irritiert.

»Sprachliche Zuschreibungen, die außerhalb der Einflusssphäre der Personengruppen, auf die sie sich beziehen, entstehen, sind voller negativer Konnotationen bis hin zu straighter Diskriminierung, insbesondere, wenn sie ein Merkmal in den Vordergrund stellen, das ein rein phänotypisches ist und nichts über eine Person an sich aussagt. Abgesehen davon ist Sprache

---

17 In der ursprünglichen Version dieses Textes war das Wort ausgeschrieben, da es sich bei dem Schreibanlass um eine beobachtete Alltagssituation handelte. Zurückblickend hilft die Verwendung des Wortes Reproduktion von rassistischen Konnotationen, die es zu vermeiden gilt, da – um rassistische Sprache zu thematisieren – auch andere Wege möglich sind. Insbesondere die gesellschaftlich geführte Diskussion rund um dieses Wort ist eine wichtige und nach einer Weile des Nachdenkens stimme ich absolut darin überein, dass die Verwendung des Wortes auch – und vor allem – aus antirassistischen Motiven nicht positiv zum Diskurs beiträgt. Reproduktion rassistischer Begriffe führt nirgendwohin.

steter Veränderung unterworfen und in einem gesellschaftlichen Diskurs entwickelt ein Begriff schnell unangenehme Facetten, die man beachten muss, da Worte das Denken formen und Handeln konstituieren und es wichtig ist, die Wirksamkeit der eigenen Worte abzuschätzen, da man sonst Gefahr läuft, unwillentlich Agenden zu bedienen oder weitere menschliche Verklüftungen zu forcieren, die einem friedlichen, liebe- und respektvollen Miteinander im Weg stehen.«

Wie ich den denn dann nennen würde, will er wissen.

Ich schaue auf sein Namensschild und sage: »Stefan.«

Stefan räumt ab. Ob's noch was sein dürfe, fragt er.

Ich erbitte Spaghettistrangulation.

Stefan lehnt ab, aber rät mir zu Schnaps.

Mein Vater verlangt die Rechnung.

Stefan bringt Schnaps und Rechnung. Als mein Vater den Beleg fordert, zeigt ihm Stefan lächelnd seinen kleinen Servicecomputer. Der Drucker sei kaputt, er könne daher keine Rechnung ausstellen.

Ich stürze den Schnaps hinunter und fliehe aus dem Restaurant, als die Ader auf der Stirn meines Vaters gefährlich zu pulsieren beginnt. Er schreibt sicher eine flammende Kritik auf Yelp über diesen unsagbaren Ort, wo die Kellner aufmüpfig, unhöflich, minderbemittelt, ungarisch und schwarz seien.

Ich kann dort nie mehr essen gehen, aber ich kann es mir sowieso nicht leisten. Stefan und ich spielen jetzt einmal pro Woche Squash und manchmal kocht er mir sogar Nudeln.

Im Finnischen und Ungarischen gibt es ausschließlich geschlechtlich neutrale Pronomen. Als Genus existiert lediglich das Neutrum. Obgleich bestimmte Suffixe an Berufsbezeichnungen gehängt werden können, wird vor allem in Finnland auf die neutrale Grundform zurückgegriffen.

In manchen Berufen ist allerdings *mies* (Mann) Teil der Bezeichnung: Beispielsweise bei Klempner (*putkimies*: Rohrmann), Feuerwehrmann (*palomies*: Feuermann) oder Vorsitzender (*puhemies*: Redemann). Diese werden im momentanen Sprachgebrauch beibehalten, sofern es keine entsprechende geschlechtslose Form gibt.

Lediglich der Vorsitzende im Finnischen Parlament wird immer *puhemies* genannt und – abhängig vom Geschlecht – mit Herr beziehungsweise Frau *puhemies* angesprochen.

Manche Begriffe sind im Finnischen klar hinsichtlich des Geschlechts bestimmt. So existiert zu *kuningas* (König) auch *kuningatar* (Königin) – beide Begriffe stammen vom protogermanischen *kuningaz* (im Falle der Königin um das mittlerweile veraltete weibliche Suffix *-tar* erweitert).

In Finnland gab es aber nie wirklich einen König[18], weil Finnland bis 1809 zu Schweden gehörte, dann als Großfürstentum Teil von Russland war und 1917 schließlich die Unabhängigkeit erlangte.

Im Ungarischen wird bei Berufsbezeichnungen durch Beigabe des Suffixes *-nő* (Frau) eine Unterscheidung herbeigeführt. Als neutrale Form gilt die männliche Berufsbezeichnung. Da sind dann eben alle mitgemeint, ne?

---

18 Als Finnland zur Republik erklärt wurde, kam es zu einem Bürgerkrieg zwischen Republikanern und Monarchisten, infolgedessen der Schwager des deutschen Kaisers Friedrich Karl von Hessen für etwa zwei Monate der einzige finnische König war, ohne diese Krone je auf finnischem Boden getragen zu haben. Dann war der Erste Weltkrieg zu Ende und Monarchien in Europa überholt und je nachdem, wen man fragt, hatte Finnland einen König oder niemals einen und auch wenn es kein streitbares Thema ist, fragt sich das besser tagsüber und nüchtern und höflich.

Die Wohnung im zweiten Bezirk

Am rechten Donauufer, westlich des Flusses im zweiten Bezirk der Hauptstadt, liegt ein Haus.

Buda der Stadtteil, Pasarét der Bezirk. Weil Buda Ofen bedeutet, sind die Straßen heiß im Sommer und die Durchschnittstemperatur nur in den Winternächten knapp unter dem Gefrierpunkt.

Das Treiben ist behäbig, die Hecken hoch und wild.

Wer hier wohnt, heißt es, habe es geschafft.

Pasarét ist ein guter Bezirk. In der Hűvösvölgyi Straße drangen im Dezember 1944 ukrainische Schützenkorps nach Buda ein und in dieser Straße liegt auch das Haus.

Dort, im ersten Stock – natürlich gibt es ein Mezzanin –, wuchs mein Vater auf, bis er mit seiner Familie außer Landes floh.

Die Wohnung ist schön, die Decken hoch, das Parkett hochwertig. Dunkles Holz zu Gräten verschränkt, mit hellen Fenstern und Blick auf einen von Bäumen gesäumten Graben, in dem immer Laub liegt.

Dort spielte er mit dem Jungen von gegenüber, der sein bester Freund war, obwohl sie sich immer stritten. Der Junge war der Sohn einer Theaterschauspielerin, die landesweit berühmt war, bis Berühmtheit nichts mehr nützte.

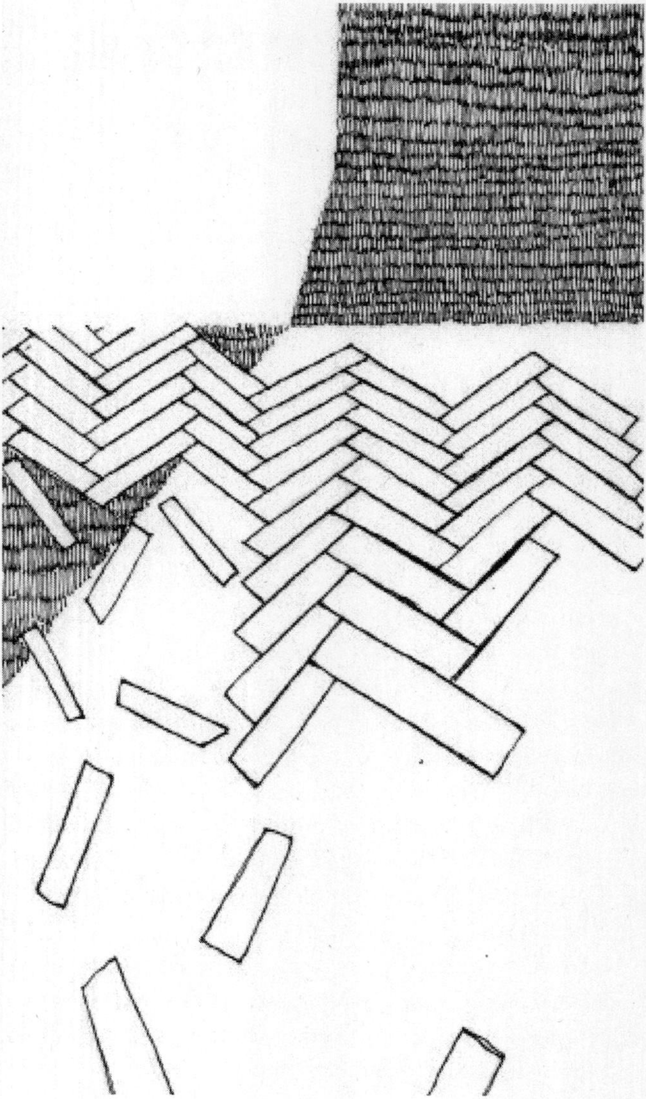

Der Sohn wurde Zahnarzt, ging nach Italien, dissertierte dort und erkrankte an Syphilis. Nach seiner Rückkehr weigerte die Regierung sich, seinen Titel anzuerkennen, erkannte ihn stattdessen ab und verbot ihm, in Budapest als Zahnarzt zu praktizieren. Er betrieb notgedrungen eine kleine Praxis auf dem Land, starb schließlich und vermachte die Wohnung wiederum seinem Sohn, der keinen Doktortitel hatte, keine Syphilis, aber eine Drogenabhängigkeit.

Unten wohnte ein Professor. Einer, der bereits vor dem Krieg Kommunist war und für seine Überzeugungen ins Gefängnis ging. Das muss man loben, denn auch wenn mein Vater kein Kommunist ist, verdienen Menschen mit Überzeugungen seinen Respekt.

Nach dem Krieg waren natürlich alle Kommunisten. Aber vorher? Das bedurfte Rückgrat.

Die Tochter des Professors war Ärztin, ihr Mann die ungarische Vertretung von PricewaterhouseCoopers, ehe es so hieß und ehe der zu Gott fand oder ein Gott ihn. Dann lebte er als Teil der Hare-Krishna-Bewegung, seine Frau weiterhin als Ärztin.

Unsere Wohnung gehört uns seit den Neunzigern. Erst nach dem Mauerfall konnte mein Vater sie zurückkaufen, als Hoffnung und ausländisches Geld in Ungarn wieder erwünscht waren.

In der Wohnung daneben lebten Juden, jetzt ist dort ein Paar, das nicht genau weiß, was mit den ursprünglichen Eigentümern passiert ist.

Ob er es ihnen sagen soll, fragt mein Vater und sie, wohl schon ahnend, was einst war, verneinen höflich. Das sei ja nicht so wichtig und schon lange her.

Die Juden waren eine kleine Familie aus drei Generationen, an die sich im Haus – meinen Vater ausgenommen – niemand mehr erinnert. Seine Mutter, Renée und ebenfalls gebürtige Jüdin, kannte die Familie am besten. Gemeinsam ertrugen sie die deutsche Besatzung, bis eines Abends einige Offiziere eindrangen und erklärten, am nächsten Tag würden beide Familien verschleppt, erschossen und entsorgt.

Die Schwiegermutter aus der Wohnung daneben beging Selbstmord. Renée, über Nacht ergraut, versteckte meinen Vater, damals erst zwei Jahre alt, bei der Großmutter und ging in den Untergrund. Sie waren über ein Jahr getrennt, so lange, dass mein Vater Renée beim Wiedersehen nicht mehr erkannte. Die ersten Worte, die er hungernd an die eigene Mutter richtete: Hätten Sie etwas Brot für mich?

Obgleich Teile der russischen Armee im Dezember 1944 in die Hűvösvölgyi Straße eindrangen, wurden sie bis Anfang Februar aufgehalten. Eichmann war da schon längst geflohen, der verbleibende Oberbefehlshaber der verbleibenden SS, Karl Pfeffer-Wildenbruch, ergab sich kampflos in einer Villa nahe Budapest.

Die Regierung der Pfeilkreuzler, der ungarischen Faschisten, deren Flaggen schwarze Kreuze mit spitzen Enden zierten, zerfiel Ende März 1945. Ich stelle mir vor, dass das Haus an diesem Tag aufatmete und ein wenig Staub vor Erleichterung von den Balken fiel.

Aus dieser Wohnung floh mein Vater mit seinen Eltern um Weihnachten 1956. Jetzt vermieten wir sie an ein Architekturbüro. Die Architekten, ein Ehepaar, sind höflich und modern. Ein wichtiger Meilenstein meines Erwachsenwerdens lag darin, dass sie mir irgendwann Kaffee statt Limonade anboten, wenn wir sie besuchen fuhren.

Der Einzige aus den Jugendjahren meines Vaters, der im Haus lange blieb, war István.

Ich bin mir bis heute nicht ganz sicher, wie gut István und mein Vater befreundet waren, denn auch wenn ich ihn kennenlernte, als Mann, als Hausherr und selbst Vater, vermisste ich an ihm alle Güte und Klugheit, die ich von meinem eigenen kannte.

István war ein knapper Mann mit einem simplen, hämischen Humor, der lieber über andere sprach als über sich selbst. Er behauptete auch, der Sohn des Zahnarztes sei drogenabhängig gewesen, und etwas in mir zweifelt an der Wahrheit dieser Aussage.

Eines Abends, ich war gerade neun, István seit einem halben Jahr Vater und wir zu Besuch, da lauschte ich unabsichtlich einem Gespräch.

Mein Vater, der erst vor kurzem seine Frau verloren hatte und um dessen Herz es nicht mehr so gut stand, fragte István, ob er bereit sei, auf mich aufzupassen, falls ihm etwas geschehe. Als István verneinte, sah ich meinen Vater so wütend, dass ich fürchtete, das Herz würde direkt beenden, was ein vielseitiges Leben war.

Seitdem besuchten wir István seltener und zu meinem Glück ist das Herz so stur wie mein Vater, denn selbst wenn István bejaht hätte: Ich hätte nie dort wohnen wollen.

Die Architekten bringen Gebäck und wir reden. Ich sage nicht viel und schaue aus dem Fenster. Die Esche vor dem Haus ist alt und hoch und all die Deutschen, Russen, Pfeilkreuzler, Kommunisten und Istváns haben ihr nichts anzuhaben gewusst.

Das Gebäck ist alle und ich dafür verantwortlich. Ich trinke Kaffee und bedanke mich. Das Haus hat keinen Fahrstuhl, die

Dielen knarren und die Stufen auch. Abgewetzt sind sie, teilweise bleich. Mein Vater schweigt, obwohl er gern redet, und ich ebenfalls, weil ich gern schweige.

Ich stütze ihn auf dem Weg nach unten. Nich, weil ich es muss, sondern weil es sich richtig anfühlt. Schwer ist die Luft des Treppenhauses. Das Herz ist alt, aber fidel, und ein bisschen wie das Haus, denn auch das Haus hat Blut gesehen.

Am rechten Donauufer, westlich des Flusses im zweiten Bezirk der Hauptstadt, liegt ein Haus, in dem eine Geschichte begann, die zu mir gehört, obgleich ich sie nicht besitze.

Auf der Hűvösvölgyi Straße ist es ruhig. Das Haar meines Vaters ist grau, nicht über Nacht, aber über Jahrzehnte. Im Graben liegt Laub.

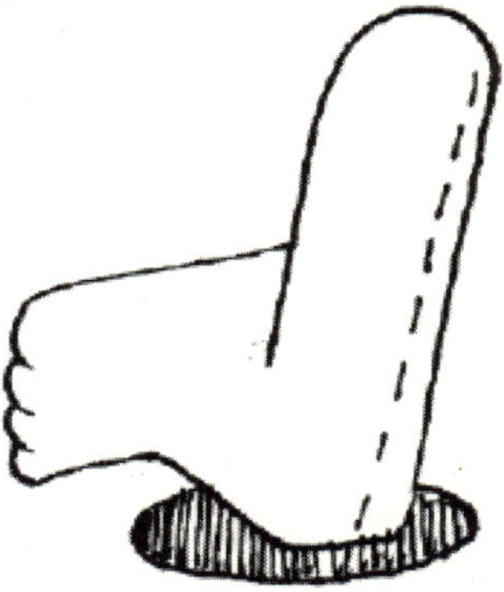

Österreich heißt auf Finnisch *Itävalta*. Übersetzt bedeutet das »Ostmacht« und ist wirklich lange her.

Chronik // Was bleibt

Flocken entsagen sich leise der Wolken
Ganz langsam beginnt es zu schneien
Kristall um Kristall bricht im Gerippe der Stadt
Die Nacht der Nächte herein

Diese Stadt war mal mächtig, mal schillernd, mal groß
Zwei Teile entlang der Donau gesäumt
Brandbomben, Artillerie und Soldaten
Haben sie kürzlich von Deutschen geräumt

Die Stadt ist ein Schatten ihres Schattens von einst
ein taumelnder Löwe, die Pranken zerschossen
Die neuen Genossen haben die Lücken der Straßen
Mit Plattenbauten geschlossen

Der Schnee bedeckt schon Ziegel und Zäune
Ein altes Piano bemüht sich
Wär dies ein Film, stünd unten in Lettern:
Budapest, Neunzehnsechsundfünfzig

In einem Häuserzug in Bahnhofsnähe
Brennt noch etwas Licht
Der Klang von festgezurrtem Garn
Nimmt der Stille ihr Gewicht

In einer kleinen Kammer kauernd
Näht Renée Geschmeide in das Futter eines Mantels
Damit es die Reise überdauert
Die im Morgengrauen lauernd ihr und ihrem Sohn verspricht
Was hierzulande Freiheit ist

Es ist Heiligabend
In einem Land, das nicht mehr glauben darf
Renée ist das egal
Sie hat beide Weltkriege nur dank Glück und Glauben überlebt
Ihren Nachnamen samt gelbem Stern abgelegt

Solche Sterne gab es hier viele
Doch die meisten der Sterne erloschen
Als Eichmanns Schergen die Sternenträger
Kolonnenweise erschossen

Und dann kamen halt die Russen

Der Ungar war ein guter Nazi
Dann wurd er ein guter Kommunist
Renée ist nichts davon
Was Grund genug zum Fliehen ist

Ihr Sohn Marius ist knapp vierzehn
Ihr Mann untergetaucht
Sie spricht rasch ein Gebet
Ihren Sohn weckt sie auf

Mit großem Gähnen und kleinen Augen
Kommt er aus dem Bett gekrochen
Die Taschen sind gepackt
Die Mäntel fest verschlossen

Alles von Wert tragen sie am Leib
Was in der Stube noch glänzt
Baumelt stumm am Tannenzweig
Marius schleicht hinüber
Der Baum erbebt, als er ihn greift
Er nimmt eine kleine Silberglocke
Lichtet den Anker der Vergangenheit

Jeder Schritt im Schnee ein Abdruck
Renée mahnt zur Eile
Marius blickt zurück
Sie nähern sich den Gleisen
Er sucht nach seinem Fenster
Während in ihr Sorge schwelt
Renée zählt zitternd die Minuten
Seit die Deutschen weg sind
Kommt hier jede Nacht der Zug zu spät

Renée verharrt am Gleis
Und fragt sich bloß, was bleibt

Was bleibt ist Endstation in Györ
In der Ferne graut ein Morgen
Der Vater nimmt sie in den Arm
In ihren Blicken streiten Sorgen

Ob sie alles habe?
Ja, natürlich, ja, doch, ja

Es stehe ein Mann bereit, auf den könne man sich verlassen
Dem Vater gehen die Nerven, er greift zum Pálinka
Renée greift das Geschmeide in den Taschen

Ein Bauer, der kein guter Kommunist
Sondern Geschäftsmann ist
Versteckt die Drei unter einer Tonne Kartoffeln
Drei goldene Ringe erkaufen Geleit
Mal schmiert er Soldaten
Mal lügt er sie an
Nach einer Weile im Schoß der Angst
Landet die Familie im Burgenland

Und sie fragen sich, was bleibt

Was bleibt, sind viele der Ungarn
200.000 fliehen gen Wien
Renées Familie reist weiter nach England
Und sucht den Schutz im Schoße der Queen

Marius wird ein Brite und lebt in einem Internat
An Heiligabend klingelt nur die Silberglocke in der stillen Nacht

Marius studiert in Oxford
Der Vater stirbt in London
Der Junge wird erwachsen
Die Mutter stirbt in Freiburg

Marius lebt recht glücklich
Hat nun mit Ungarn seinen Frieden
Jahr für Jahr am Tannenbaum
Seh ich ihn die Silberglocke wiegen
Mein Vater ist jetzt Mitte Siebzig
Er ist würdevoll gealtert
An Weihnachten wird er ganz still
Selbst nach vielen Jahren ist der Nachklang
ungefiltert

Ich weiß nie, was ich ihm schenken soll
Denn was schenk ich einem Mann
Der einst die Freiheit selbst zum Geschenk bekam

Mit mir als Sohn gibt er sich insgesamt zufrieden
Die Erinnerung an jene Nacht ist ihm Tag und Jahr geblieben
Er hat sie mir vermacht
Mit einer Frage, die ihn treibt

Diese Frage stell ich mir
Und euch, weil ich es nicht weiß
Wenn da einer kommt, die Füße wund vom Gehen
Einer aus der Heimat, die so nicht mehr besteht
Was sagst du dann? Geh doch wieder heim?
Wär's auch damals so gewesen, frage dich

Frage dich, was bleibt

In Sprachen bin ich Wechselbalg
Fremd. Eingetauscht, nach Lust und Laune
In Finnland ein Ungar, in Deutschland ein Andrer
In Österreich Piefke, in Ungarn ein Fremder

Meine Sprachen sind Irrgärten. Meine Minotauren Wissensfetzen aus Geschichte und Kulturen. Wie wenig ich weiß, jenseits all der Fakten und Referenzen, all der Geschichten und Gespinste, wird mir Tag um Tag gewahr.

Als ich klein war, fiel ich umher zwischen den Sprachen. Wob Worte aus der einen in die andre, wenn es besser passte. Und ich verstand. Durch die Linse dreier Sprachen verstand ich alles, allen voran dass mich, wenn ich aufgeregt sprach, niemand verstand.

Im steten Gaukelflug nach Wesentlichkeiten suchend
Schwanke ich zwischen Vokabeln und Lauten
Und ich schwanke gern
Es liegt Vertrautes im Unvertrauten

In Sprachen bin ich Dirigent mit kleinem Quartett
Melodien verschiedenen Zungen entlockt
Ich bin Geheimniskrämer. Krämer im Sinne des Händlers
Der nicht verkauft, aber besorgt

Ich mag Geheimnisse, obwohl – oder weil –
Ich selbst kaum welche habe
Weniger die der Menschen
Eher die der Dinge und die der Sprachen

Ich mag Deutsch, weil es gleichzeitig so simpel und doch so geheimnisreich ist. Aus des Deutschen Tiefe Worte zu bergen wie aus Gruben mit Hacke und Gesang – ein Abenteuer, Tag um Tag.

Fremde ist kein Schandmal und ein Wechselbalg nur Aberglaube. In vier Sprachen getauft suche ich nach den Namen all der Geheimnisse, denn ich möchte wissen.

Ich weiß wenig, aber heute weiß ich weniger wenig als gestern.

Kiitos & Köszönöm

Ich bedanke mich herzlichst bei all den Menschen, die dieses Unterfangen ermöglicht haben.

Bei Josefine, Fabian und Jonas, bei Lars (der mir von diesem brasilianischen Schimpfwort erzählt hat) und Clemens (der mich an die WM erinnert hat), bei Agnes Maier, bei Nina (die mich zu meinem ersten Slam geschleppt hat), bei Elias Hirschl, Yasmin Hafedh, Mieze Medusa und Markus Köhle, bei Mario Tomic (der mir beigebracht hat, dass über einen selbst schreiben auch eine gute Idee ist), bei Nadine (die Angst vor Gewittern hat), bei zwei glorreichen Linguistinnen und ihrer Mithilfe in den eher technischen Punkten obskurer Sprachen, bei Christopher Hütmannsberger (der andere mit der guten Stimme, der mich regelmäßig auf linguistische Besonderheiten meiner Muttersprachen stößt), bei Nadine Werjant (man möge sie buchen) und Dana Rausch (man möge ihre Werke erstehen) für die Gestaltung, bei Evelyn, bei Denise, fürs Möglich- und Schönwerdenlassen, und der Sektion Literatur und Verlagswesen des Bundeskanzleramtes Österreich und bei all den Menschen, die mich oft genug gefragt haben, ob diese beiden Sprachen sich wirklich ähnlich sind. Ja, sind sie, und nein, nicht wirklich.

Dieses Buch ist entstanden ...

... im ICE, im Railjet, im Flugzeug, am Gate eines verspäteten Fluges inmitten völlig durchdrehender Passagiere (das Einzige, was uns von Tieren unterscheidet, sind Platzkarten und Rollkoffer), in einem Hotelzimmer in Würzburg, in einer Pension im Schwarzwald, in einem Bett, auf einer Couch, auf einem Balkon, auf einer Fähre, auf einem Berg, in einem Tal, auf den Landungsbrücken, in einem Café in Frankfurt, in einem Café in Bochum, in einem Café in Hamburg, in einem Café in Wien, in einem Schanigarten in Linz, in einem Café in Konstanz, in einem Café in Graz, in einem Café in Würzburg, in einem Café in Stuttgart, in einem Café in Freiburg, in einem Café in Basel, in einem Café in Mainz, in einem Café in Zürich (Danke für Ihren Kauf, ich habe seitdem Schulden) und in einem Café in Kiel.

Dabei trinke ich, im Gegensatz zu den allermeisten Finnen, gar keinen Kaffee.

Zum Anhören

Finnische Redewendungen (S. 11)

Link: tinyurl.com/finnischeredewendungen

Gewitter (S. 17)

Link: tinyurl.com/gewitter-sz

Ungarische Redensarten (S. 24)

Link: tinyurl.com/ungarischeredensarten

Futur II & Brustschwimmen (S. 31)

Link: tinyurl.com/futurII

Oma & MDMA (S. 37)

Link: tinyurl.com/omaundmdma

Tor für Deutschland (S. 43)

Link: tinyurl.com/torfuerDE

Das zweischneidige Pferd (S. 50)

Link: tinyurl.com/zweischneidigepferd

Wenn du mit dem Fernzug nach Wien fährst (S. 56)

Link: tinyurl.com/fernzugnachwien

Von der Orientierungslosigkeit in klaren Nächten (S. 64)

Link: tinyurl.com/orientierungslosigkeit

Abendessen mit dem Vater (S. 69)

Link: tinyurl.com/vateressen

Die Wohnung im zweiten Bezirk (S. 77)

Link: tinyurl.com/wohnungimzweiten

Chronik // Was bleibt (S. 84)

Link: tinyurl.com/chronikwasbleibt

Mieze Medusa & Markus Köhle (Herausgeber)

»Slam, Oida!«

Seit über 15 Jahren haben Mieze Medusa und Markus Köhle die Freude, Ehre und Arbeit, in Österreich die Poetry-Slam-Szene mitzugestalten. Wir waren also von Anfang an dabei, sind immer noch unterwegs und unfassbar glücklich darüber, wie groß, vielfältig und funkelnd die Szene unseres Landes ist. In diesem Buch haben wir 42 Slamtexte ausgewählt, die einen bunten Querschnitt bieten. So schreiben wir: vom Wiener Schmäh, vom Leben am Land, von der Härte der Berge und Täler, von den Abenteuern einer Winkerkrabbe, von der Liebe, von Bobo-Verhipsterung und von Fragen, die uns gestellt werden: Wo kommst du her? Wer befreit unterdrückte Rufnummern? Wo siehst du dich in fünf Jahren?
Auch im Buch: Jede Menge Slamwissen. Hier werden wichtige Fragen beantwortet: Ab wann gehöre ich dazu? Ist der Wettbewerb nicht ein bisschen unfair? Kannst du mir 10 Tipps für meinen gelungenen Auftritt geben? Ja, darf man das? Ja, das darf man.

Mit Texten von:

378, Adina Wilcke, Agnes Maier, Anna-Lena Obermoser, Benji, Christine Teichmann, Clara Felis, Darling, Elias Hirschl, Florian Supé, Helene Ziegler, Henrik Szanto, Jonas Scheiner, Käthl, Klaus Lederwasch, Ksafa, Fisch, Mario Tomic, Markus Köhle, Mieze Medusa, Mr-iri, Sevi, Simon Tomaz, Stefan Abermann, Tom aus Graz, Ulli Hammer, Yannick Steinkellner und Yasmin Hafedh

ISBN 978-3-95461-098-3
13,90 EUR

www.lektora.de

Agnes Maier

Veni, Vidi, Vulva!

Slamtexte aus dem Leben einer Hebamme

Agnes Maiers Texte sind elegante Sprachpirouetten, die sich mit Leichtigkeit um die Verstrickungen des Lebens drehen. Sie erzählen von Stoßstangen, Käsefüßen, Wühltischmetaphern und Wäschebergen, dem weiblichen Geschlecht und seiner Anatomie, von Blut und Herzschlagmomenten und dem Versuch, festgefahrene Gesellschaftsparadigmen aufzudecken und zu brechen. Letzteres gelingt vor allem durch den authentischen und ironischen Umgang mit dem eigenen Imperfektionismus und einem Blickwinkel aufs Leben, wie nur eine Hebamme ihn hat. Weil, jetzt echt mal: Krieg dich ein Martin, es ist nur ein bisschen Blut!

»Agnes Maier betreibt in Einklang, Reim und Textform gebrachte, geschlechtsspezifische und gesellschaftspolitische Emanzipationsarbeit. So geht Aufklärung heute: Scheidentity statt Schwanzgehabe!«
(Markus Köhle)

»Agnes Maiers Texte sind wie Presswehen: rhythmisch, mit großer Dringlichkeit und am Ende sind alle im Raum euphorisiert.«
(Mieze Medusa)

ISBN 978-3-95461-127-0
13,90 EUR

www.lektora.de/shop

Mieze Medusa & Markus Köhle (Herausgeber)

»Slam, Oida!«

Seit über 15 Jahren haben Mieze Medusa und Markus Köhle die Freude, Ehre und Arbeit, in Österreich die Poetry-Slam-Szene mitzugestalten. Wir waren also von Anfang an dabei, sind immer noch unterwegs und unfassbar glücklich darüber, wie groß, vielfältig und funkelnd die Szene unseres Landes ist. In diesem Buch haben wir 42 Slamtexte ausgewählt, die einen bunten Querschnitt bieten. So schreiben wir: vom Wiener Schmäh, vom Leben am Land, von der Härte der Berge und Täler, von den Abenteuern einer Winkerkrabbe, von der Liebe, von Bobo-Verhipsterung und von Fragen, die uns gestellt werden: Wo kommst du her? Wer befreit unterdrückte Rufnummern? Wo siehst du dich in fünf Jahren?
Auch im Buch: Jede Menge Slamwissen. Hier werden wichtige Fragen beantwortet: Ab wann gehöre ich dazu? Ist der Wettbewerb nicht ein bisschen unfair? Kannst du mir 10 Tipps für meinen gelungenen Auftritt geben? Ja, darf man das? Ja, das darf man.

Mit Texten von:

378, Adina Wilcke, Agnes Maier, Anna-Lena Obermoser, Benji, Christine Teichmann, Clara Felis, Darling, Elias Hirschl, Florian Supé, Helene Ziegler, Henrik Szanto, Jonas Scheiner, Käthl, Klaus Lederwasch, Ksafa, Fisch, Mario Tomic, Markus Köhle, Mieze Medusa, Mriri, Sevi, Simon Tomaz, Stefan Abermann, Tom aus Graz, Ulli Hammer, Yannick Steinkellner und Yasmin Hafedh

ISBN 978-3-95461-098-3
13,90 EUR

www.lektora.de

Agnes Maier

Veni, Vidi, Vulva!

Slamtexte aus dem Leben einer Hebamme

Agnes Maiers Texte sind elegante Sprachpirouetten, die sich mit Leichtigkeit um die Verstrickungen des Lebens drehen. Sie erzählen von Stoßstangen, Käsefüßen, Wühltischmetaphern und Wäschebergen, dem weiblichen Geschlecht und seiner Anatomie, von Blut und Herzschlagmomenten und dem Versuch, festgefahrene Gesellschaftsparadigmen aufzudecken und zu brechen. Letzteres gelingt vor allem durch den authentischen und ironischen Umgang mit dem eigenen Imperfektionismus und einem Blickwinkel aufs Leben, wie nur eine Hebamme ihn hat. Weil, jetzt echt mal: Krieg dich ein Martin, es ist nur ein bisschen Blut!

»Agnes Maier betreibt in Einklang, Reim und Textform gebrachte, geschlechtsspezifische und gesellschaftspolitische Emanzipationsarbeit. So geht Aufklärung heute: Scheidentity statt Schwanzgehabe!«
(Markus Köhle)

»Agnes Maiers Texte sind wie Presswehen: rhythmisch, mit großer Dringlichkeit und am Ende sind alle im Raum euphorisiert.«
(Mieze Medusa)

ISBN 978-3-95461-127-0
13,90 EUR

www.lektora.de/shop

Leticia Wahl

Was dazwischen bleibt

»Wenn die Liebe flöten geht, setz' ich mich ans Klavier!«
Das Leben ist manchmal so witzig, dass es auf eine absurde Art und Weise traurig sein kann, und wiederum ist es manchmal so traurig, dass es auf eine absurde Art und Weise witzig ist.
Leticia Wahl befindet sich irgendwo dazwischen. Sie hat einen Kopf voller Pusteblumen. Als Reise- und Bühnenpoetin kreiert sie Räume und Sphären aus Worten, gleich einem lyrischen Feuerwerk. In ihren Texten geht es immer um alles und um nichts! Und von allem dazwischen um ein kleines bisschen.

»Kann man lesen. Muss man lesen und muss man gelesen haben. Und du so?«
(Wolf Hogekamp)

»Leticia kennt alle Arten und Orte der Schmerzen. Sie sammelt in ihren Texten blaue Flecken, wie tolpatschige Menschen an ihren Beinen, wenn sie gegen Betten und Kommoden laufen. Und dann steht sie da mit diesen ganzen offenen Wunden- die andere hinterlassen haben, die sie hinterlassen hat- und zeigt, wie sie manchmal trotzdem heilen. Und heilt sie manchmal trotzdem.«
(Tanasgol Sabbagh)

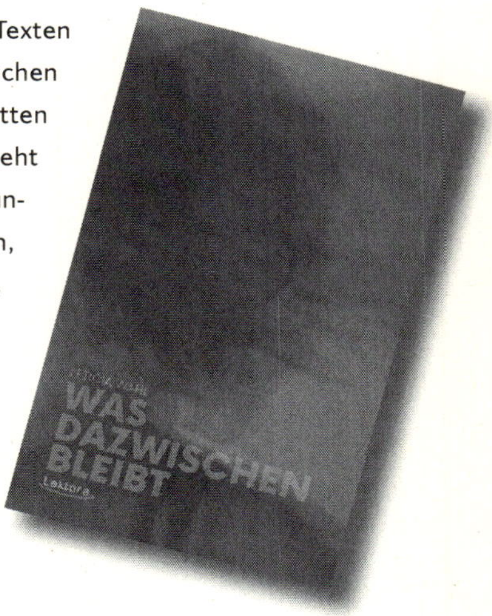

ISBN 978-3-95461-124-9
13,90 EUR

www.lektora.de/shop